ROMANZI E RACCONTI

ISBN 978-88-6852-925-3

Art director *Mara Scanavino*
Graphic designer *Alberto Lameri*
In copertina elaborazione di pastina*design*

www.baldinicastoldi.it
info@baldinicastoldi.it

BaldiniCastoldi
BaldiniCastoldi
baldinicastoldi
baldinicastoldi

Maurizio Crosetti

Esercizi preparatori alla melodia del mondo

BALDINI&CASTOLDI

Per la mia mamma,
per i suoi occhi,
per le nostre parole
e per come giocava con me

Vide brillare gli occhi del gatto. Era rimasto per tutto il tempo dietro una tenda, e da lì non si era più mosso. Lei invece era scivolata sotto il palco, e adesso pensava che forse sarebbe riuscita a salvarsi.

Il rumore s'era attutito, le sembrava di sentirlo come fosse immersa nell'acqua.

Doveva scappare.

Pensò che tutti i morti erano morti per caso, e che per caso gli altri erano vivi. Pensò alle sue sfere di vetro, al gambero e alla conchiglia. Doveva scivolare fino in fondo. Di lì avrebbe raggiunto le scale. Uscendo allo scoperto, anche solo per un attimo, avrebbero potuto sparare in testa anche a lei.

Le passarono davanti agli occhi i segni neri del pentagramma. Li aveva inseguiti per anni come una pulce ammaestrata e soltanto adesso, alla fine di tutto, li vedeva nella loro lucente bellezza.

Quel silenzio è uno schiaffo in faccia nel vuoto delle strade.

Lui sente cigolare le ruote del carrello. Un pianoforte agganciato a una bicicletta agganciata a un uomo. Non si vede tutti i giorni, una scena così.

Ha lasciato l'auto a un paio di chilometri dal teatro. Non ha navigatore, il suo unico spartito sono le mappe di carta. Per tutto il resto va a memoria. Con la musica si può essere tristi o fingere di esserlo. Si può persino immaginare di essere contenti senza esserlo. Si possono impressionare le ragazze, tre minuti jazz fanno miracoli: reggere il ritmo, dopo, è il problema di tutti. Il suo problema, in particolare, è la noia del quarto minuto. La sua musica non è un viaggio complicato, non ha bisogno di stelle comete a guidarlo.

Discute con il gendarme per il parcheggio, e vince soltanto perché l'altro lascia perdere. Lo multeranno, ma va bene così. Apre la portiera del rimorchio, ne esistono di uguali per trasportare i cavalli.

Si parte.

Sale lentamente rue Richard Lenoir. In giro ci sono soltanto poliziotti, fotografi, militari e giornalisti. Una visione assurda: un ciclista che trascina un pianoforte in mezzo alle transenne, tra agenti e lampeggianti. Dovrà avvicinarsi il più possibile al teatro, poi cercherà il posto giusto, sgancerà il carrello dalla bici e fisserà lo sgabello, aprirà il coperchio, toccherà la tastiera e comincerà a suonare. In un attimo, il silenzio diventerà profondo, ma adesso pedala con lentezza, infilando il viale che porta al teatro, e scende di sella.

Boulevard Voltaire è tracciato dai nastri della polizia. Osserva la bizzarra facciata, bianca e gialla con dei triangoli e una finestra dentro un cerchio, come una torretta. Guarda il tendone verde con la scritta «Bataclan Café» e il telo che i gendarmi hanno steso davanti all'ingresso. Il viale scorre tra palazzi eleganti prima di interrompersi, lasciando spazio all'incongruo edificio: un'aritmia. Spinge la bicicletta lentamente e la strada si apre davanti a lui. Persino gli agenti si scostano, sorpresi da quella visione impossibile.

Se raggiungi un luogo dove non c'entri nulla, non troverai opposizione. L'ha imparato nel suo vagabondare.

Una sirena fortissima.

Qualcuno che grida.

Questo è un buon posto, e lui sgancia il pianoforte.

Giornalisti e fotografi se ne accorgono. Gli puntano contro obiettivi e cellulari.

Lui sfiora appena i tasti.

DELICATEZZA NEI SALTI E NEGLI STACCATI

La prima volta che la vidi era poco più di una bimba. Aveva al collo una sciarpa rossa. Ma fu soltanto un lampo, che da una macchina guizzò dentro un portone. Dopo poco, le note del pianoforte mi arrivarono dalle finestre del Conservatorio. Dovetti sollevarmi sulla punta dei piedi e arrampicarmi per vederla, con i suoi capelli castani, le guance rotonde. Era come se suonasse sempre le stesse tre note. Pensai che dovesse avere appena cominciato. Era una melodia monotona, come un falegname che insista sul legno fino a cavarne qualcosa. Immaginavo la noia delle lezioni, ma mi piacque tornare sotto la finestra il giorno dopo.

Dal palazzo pioveva una musica complicata, intreccio di fili, gomitolo di note inseguite da un gatto molto piccolo e con tanta voglia di giocare. Non poteva essere lei. Misi di nuovo il piede tra i ferri della cancellata e mi alzai facendo forza con le braccia, ma la ragazzina non c'era.

Non farà lezione tutti i giorni, pensai.

Poi rimasi appeso alla ringhiera, come irretito dalla musica. Non era un pomeriggio felice. Ero deluso per non averla vista. Eppure, mentre le note mi cadevano addosso come scrosci d'acqua, dimenticai la tristezza, l'assenza di lei e me stesso. Mi piacque.

Decisi che avrei imparato a suonare per lei. Per essere come lei, o sentirmi più vicino. Per strada non l'avevo mai vista, e neppure a scuola. Chissà dove abitava. Probabilmente la portavano lì a lezione arrivando da un'altra parte della città, e poi tornavano a prenderla.

A volte mi appostavo inutilmente. La primavera trascorse così. Quando camminavo sotto le finestre del Conservatorio, se quello che sentivo non era un pianoforte non mi fermavo. Lasciavo quella musica scorrere. Se invece mi arrivavano note di piano, restavo in ascolto come la gazzella che fiuti controvento l'odore della fiera, senza capire se in quel gioco io fossi il cacciatore o la preda. Quando, infine, dai vetri socchiusi (era maggio, ormai) scivolavano due o tre accordi ripetitivi, come un disco rotto, sapevo che lei doveva essere lì. E allora mi arrampicavo, mi alzavo sulle punte e iniziavo a spiare.

Scoprii che avevano spostato il pianoforte di qualche metro verso il muro, tagliando fuori dal mio campo visivo un pezzo di inquadratura. Dovevo dunque piegare il collo e incrociare gli occhi per arrivare a mettere a fuoco la figura che stava suonando:

lei. Ancora lei. Sempre con quella sciarpa rossa, forse un foulard.

Come regalo di promozione, chiesi ai miei genitori di prendere lezioni di piano. Non al Conservatorio, naturalmente. Una zia mi trovò un maestro, un insegnante di musica in pensione che aveva un pianoforte a coda, nero. Iniziai ad andarci tre volte la settimana.

Fu un'estate lenta e tutta uguale.

Imparai i primi esercizi e mi pareva di eseguirli bene. Il maestro mi lodava come si loda un allievo diligente, anche se non mi sembrava di essere davvero portato per quello strumento: mi limitavo a fare i compiti con regolarità e puntiglio. Non potrò mai diventare bravo come lei, pensavo, anche perché lei avrà cominciato da piccola, ma non importa. Suonare mi servirà per capirla. E magari, sentendomi suonare, un giorno anche lei mi capirà.

Le ore sembravano gemelle. A casa non avevo un pianoforte, mi esercitavo su una clavietta soffiando dentro un tubo. Era come se il suono e il respiro fossero la stessa cosa, e in un certo senso lo erano: respiravo e suonavo. E tutto mi sembrava bello, perché la mancanza di respiro si chiama morte, si chiama silenzio.

Una sera in tivù passarono le immagini del violoncellista che suonava davanti al muro di Berlino.

Di quel filmato, rivisto cento e cento volte, conosco ogni nota e ogni pausa, tutte le espressioni dell'artista con la giacca scura e il pullover blu. Il murale di Topolino sorride e distende il braccio sinistro dove una scritta rossa sul cemento dice «wilkommen in Ost-Berlin». Qualcuno però ha barrato la parola Ost con una croce nera: niente più Oriente in questa città, niente più Occidente. E il violoncellista lo sta ripetendo con le sue note.

Attorno a lui sono tutti incantati, qualcuno seduto, qualcuno in piedi. L'artista si è sistemato sopra una di quelle seggiole da sala d'aspetto. Un ragazzo con i capelli a crocchia scrive su un muro, un altro smette di picchiare con lo scalpello, in fondo era soltanto musica per dire la stessa cosa.

Il mondo si muove, il mondo soffre e va consolato.

Il violoncellista suona con gli occhi chiusi, l'espressione svagata ma presente. Indossa occhiali enormi con la montatura d'acciaio. Ha una camicia a righe celesti sottili e una cravatta verde che si nota appena sotto il maglione.

Quando il concerto finisce, le persone applaudono e si sente il battito individuale delle mani. I musicisti di strada conoscono questo rumore divisibile in unità, non è l'applauso dei teatri che sale come massa omogenea. Il suonatore rivolge piccoli inchini alla folla, portandosi una mano al cuore.

Guardavo le immagini senza dire nulla, mentre la mamma preparava la pasta e il papà sbrigava faccende nell'altra stanza.

La mamma era una specialista in sughi al pomodoro che il papà condiva con l'olio col peperoncino che aveva messo in infusione. Una specie di hobby, l'unico che avesse. Tagliava i pezzetti come un chirurgo, senza usare i guanti. Le mani gli bruciavano per giorni. Senza sacrificio niente risultato, ripeteva.

Mi ritrovai a mangiare con le labbra infuocate e il cuore agitato, gli occhi fissi al vetro del televisore. Quell'uomo e il suo violoncello non c'erano più, come anche il muro, la notte e la folla.

Ero un bambino timido e minuto, bravo a scuola, bravo col pianoforte, bravissimo in niente. Mia madre sarebbe morta presto, mio padre avrebbe lavorato molto e avrebbe conosciuto altre donne, nessuna da accudire sul serio. In questo, noi due ci saremmo assomigliati. E non avremmo mai parlato veramente, solo dialoghi nella gestione ordinaria dell'esistenza, faccende pratiche, com'è andata oggi, tutto bene e tu, benissimo grazie, mangi a casa, no, penso di uscire, allora forse esco anch'io, buona serata e a domani, sì, anche a te, a domani.

Due creature senza sangue.

Il giorno dopo, chiesi al maestro se anche lui avesse visto il violoncellista. Mi rispose di sì. Nessuno è come lui, nessuno possiede la sua grazia, mi disse. Cos'è la grazia, domandai. Il maestro mi guardò: è come quando fai benissimo una cosa senza accorgerti che la stai facendo. Non capii, però decisi che lo avrei fatto anch'io. Un giorno avrei suonato per tutti in strada, con o senza grazia.

Invece lei sarebbe diventata una concertista, non avevo dubbi. Forse viveva in collina o lungo il fiume, dove le case sembrano piccoli castelli e la sera il riflesso del sole inonda d'oro le finestre.

A volte la gente balla.

Qualcuno canta, sottovoce, oppure a squarciagola.

La musica è, insieme, intima e collettiva, e lui suona senza sapere quale sia il confine.

Guarda il tappeto di fiori, i disegni portati dai bambini, i biglietti lasciati dai passanti. L'asfalto è coperto di lumini accesi. Le persone hanno legato mazzi di rose alle transenne, e il vento fa vibrare il cellophane.

Guarda, mentre gli altri guardano lui e il suo pianoforte nero. Settecento chilometri in auto, gli ultimi due in bicicletta e ora è arrivato dove ogni cosa è conclusa. Ma nelle macerie c'è la vita e il suo ricordo, il segno di un passaggio. Qualcuno prende appunti su un taccuino, qualcun altro scatta fotografie. Lui è infastidito dal ronzio elettrico degli scatti. E poi le bandiere, le divise sgargianti dei vigili del fuoco, le urla lontane di qualche poliziotto. Nessuno alle finestre dei palazzi attorno al teatro, come se si fossero svuotati.

Cosa rimane, dopo?

Abbassa gli occhi e vede la striscia rossa.

L'asfalto è una spugna, assorbe il sangue lasciando il disegno in superficie, la forma che ha preso scivolando lieve dal marciapiede.

Il ritmo del cuore spinge il sangue finché l'equilibrio non si spezza. Si guarda intorno ancora una volta, alza gli occhi da quel rosso come a cercare qualcuno.

Poi comincia a suonare.

La aspettavo alla fine della lezione.

Il papà veniva sempre a prenderla in automobile, ma doveva parcheggiare in fondo alla piazza, e lei lo raggiungeva passando sotto la statua equestre.

Nevicava, quel pomeriggio, il sole tramontava dietro le nuvole.

Non le dissi nulla, mi limitai a camminarle due o tre passi più indietro. Mi guardò svelta, poi strinse i fogli che aveva in mano e li riparò dalla neve, mentre con l'altra teneva la sciarpa rossa davanti alla bocca.

Tornai dopo due giorni. L'ascoltai suonare, provando ancora a guardarla. Col pianoforte nella nuova posizione riuscivo a vederle soltanto le mani e una parte del volto, ma solo quando si spostava sul lato sinistro della tastiera. Una questione di attimi. Non dovevo distrarmi, perché le dita corrono sveltissime sui tasti, e lei, appena apparsa, già scompariva.

Sei veloce quando suoni, sei brava. Glielo sussurrai camminandole accanto in piazza, e fu la prima volta che le parlai.

Grazie, ma è solo esercizio, diventare veloci è noioso. Io non la trovavo mai noiosa. La sua voce mi parve bella e sottile: un sospiro.

Decisi che l'avrei amata per sempre.

A casa mi esercitavo con la clavietta, poi andavo dal maestro. Non mi sembrava di fare grandi progressi. Lei, invece, migliorava sempre più in fretta. La immaginavo nei teatri più importanti. Un giorno, e fu la seconda volta che le parlai, le dissi: quando sarai una pianista famosa, io ti girerò le pagine degli spartiti durante i concerti.

Sorrise, poi da sotto la sciarpa sussurrò: i concertisti suonano a memoria.

Trascorse l'inverno e fu il più freddo che avessi mai visto. Non riuscivo sempre ad aspettarla alla fine delle lezioni, ma quando potevo mi sembrava che lei ne fosse contenta. Come nella musica, pensavo, le pause non si vedono ma si sentono. Non vederla era il vuoto nello spartito, ma solo quel vuoto dava senso al resto.

Dove abiti?, le chiesi.

Lontano, rispose, dall'altra parte della città. Ma tra poco dovrò andare via. Non osai chiederle dove, né perché.

Non mi ero mai innamorato e non è che mi piacesse tanto. Ero distratto a scuola e impaziente durante le lezioni di musica. Primo pensiero, lei. Ultimo pensiero, lei. Risvegliarsi, addormentarsi con lei. Non vedevo l'ora di aspettarla davanti al Conservatorio, giorni di attesa per cinque minuti di timida passeggiata. Eppure non riuscivo a farne a meno. Mi sentivo intrappolato. Era come se il tempo si fosse prima moltiplicato e poi spezzato, ogni minuto trascorso a pensarla veniva suddiviso in parti uguali e piccolissime, miliardi di atomi riempiti da lei. Amare, pensavo, è soprattutto aspettare.

Alla fine dell'inverno, dentro un giorno che sembrava di vetro, mi disse: tra un mese partiamo. Papà è stato trasferito e mamma non lavorerà più. Dovrò iscrivermi a un nuovo Conservatorio.

Io non le chiesi nulla.

Lei riprese a respirare dentro le parole: mi dispiace.

La accompagnai in silenzio in fondo alla piazza.

Ti aspetterò, dissi infine, non sapendo come mi uscisse la voce. Ti aspetterò e ti cercherò.

Lei sorrise, spostando la sciarpa rossa dal viso.

Le vidi le guance accese e gli occhi lucenti. Speravo dicesse ancora qualcosa e che una sua parola rendesse la promessa più forte, più potente, ma quella parola non venne e lei scomparve dietro l'angolo di un palazzo di pietra.

Un bambino non attraversa il mondo, non percorre strade e città. Deve aspettare che il tempo si compia e le cose accadano per lui.

Diventai grande, conclusi la scuola e andai a lezione di pianoforte per sette anni fino a quando il maestro mi disse che ormai era solo questione di esercizio per mantenere la bravura, quello che avevo imparato. Bravura, però, non talento. Io lo sapevo già.

Ti capisco, mi disse in un pomeriggio che non voleva finire, la luce di luglio insisteva dalla finestra portandomi i rumori di libertà che salivano dalla strada, un pallone che rimbalzava contro le automobili, voci di bambini, un cane che sbraitava. Ti capisco perché anch'io ho imparato la tecnica, e quella mi è bastata.

E non è stato un sacrificio inutile, gli chiesi.

No, perché a scuola con i ragazzi ho avuto anni belli, le lezioni di musica le aspettavano. Si divertivano. Staccavano dalla matematica, dai temi.

Io non insegnerò mai, dissi.

Nessuno può sapere cosa succederà, rispose il maestro.

Mi piaceva suonare e non smisi. Suonavo per me. Due ore la mattina e tre il pomeriggio, la tecnica a farmi sembrare migliore di quanto fossi. Avevo imparato a impressionare chi ascoltava, tiravo fuori *Il volo del calabrone*, pura rapidità e apparenza. Non avevo bisogno di dividere il cervello in quattro come chi suona Bach. Lavoravo ogni singola nota come un artigiano, continuavo a piallarla e levigarla, levando via le impurità. Non mi curavo delle scorie, dei trucioli che l'aria rubava. Ogni tanto ripensavo alla ragazzina che ormai doveva essere grande, mi chiedevo quanto fosse diventata brava, cosa suonasse e dove. Mi era rimasta come una spina sotto pelle, un piccolo dolore bianco a cui mi ero abituato. L'eco di quel «mi dispiace» che lei mi aveva lasciato prima di andarsene non m'abbandonava.

Togliere, svuotare, alleggerire divennero un'ossessione.

Semplificare le procedure.

Rendere più semplice e svelto l'esercizio, ridurre il repertorio, imparare bene una dozzina di brani sicuri, non lunghi e di facile presa sul pubblico, per non costringermi a una vita di allenamento e poter invece viaggiare, io e il mio pianoforte.

Mi affascinava l'ipotesi di vivere di musica. Pochi spartiti da tenere a mente e nessuno a girarmi le pagine. Ogni giorno una piazza nuova, ogni sera la musica giusta per piacere agli altri, prima che capissero l'innocuo inganno delle mie poche, perfettissime note.

Nella cantina del palazzo dove abitavo, avevo sistemato una specie di officina. Fu lì che trasformai il mio strumento. Il piano che mi aveva regalato il maestro: la stessa tastiera su cui mi ero esercitato per anni.

A me non serve più, ho le dita troppo vecchie, disse.

Me le mostrò così, deformate dall'artrite. Le falangi sembravano artigli.

Non ho allievi, non suono più e un pianoforte chiuso è triste.

Noleggiai un furgone, portai lo strumento a casa e lo suonai per qualche tempo.

Fai del pianoforte quello che devi, mi ripeteva, sarà come allungargli la vita.

E ci pensai bene prima di sventrarlo.

Mi sentivo un assassino, o una specie di dottor Frankenstein. Forse anch'io avrei creato un mostro. Ma se non avessi svuotato lo strumento, se non l'avessi ridotto a una scatola, non avrei potuto viaggiare e suonare. Un vero pianoforte non si può trasportare, quattro quintali non si caricano su un rimorchio e non si trainano con una bicicletta. Un pianoforte vuol dire 150 chili di cordiera in ghisa, più la tastiera e la struttura che dev'essere a coda, è quello il vero pianoforte, bello da vedere e non solo da ascoltare.

Dunque, mi misi al lavoro.

Togliere, svuotare, eliminare.

Fu come entrare con le dita dentro un corpo vivo e strappargli le viscere, un'uccisione per far nascere qualcos'altro. Ridurre un meccanismo mirabile a pura assenza di peso. A suo modo, una mistificazione. Mentre estraevo gli organi dal corpo nero pensavo agli operai che smontano acciaierie e le spostano da una parte all'altra del mondo. Ma pensavo anche che la mia non era una creazione ma un'autopsia. Il capriccio del bambino che smonta il giocattolo per vedere com'è fatto, per esserne padrone, anche a costo di non poterlo usare più.

Levai con cura il coperchio, tolsi la tastiera, le corde, i ponti soprani e bassi, la piastra, la cassa armonica, il somiere, la pedaliera. Ammirai la meraviglia dei ponticelli e dei martelletti, rubai allo strumento la sua anima più profonda e lo ridussi a un contenitore di silenzio, sul quale tornai infine ad appoggiare il coperchio. Il resto fu un gioco, quasi uno scherzo.

Al posto della prima, sistemai la tastiera pesata e misi la cassa acustica nella pancia del pianoforte. Poi collegai i due piccoli pannelli solari che avevo piazzato tra il coperchio e i tasti. Sarebbero bastati per alimentare l'amplificatore. Tutto il resto, pura visione.

La coda nera, animale, del pianoforte, un'impiallacciatura di palissandro e acero, era ormai soltanto una forma. Adesso avevo sotto le mani un bolide senza motore, con qualche circuito elettrico invece di pistoni e turbina. Era caduta la prodigiosa tensione delle corde, tenuta insieme dal contrappeso dei tiranti, nell'equilibrio di forze pensate per far vibrare proprio quelle corde e suscitare il miracolo di ogni singola nota. Io, per amore o per follia, l'avevo smontato, cambiando il peso in leggerezza e la meccanica in impulsi.

Uno scempio, forse.

Ma anche l'inizio di un nuovo viaggio.

Parigi è questo angolo di piazza.

Parigi è tutta qui.

Il mondo la guarda, ma la città non c'è più.

Lui suona, lontanissimo, e all'improvviso ricorda una fotografia vista su un giornale qualche mese prima. Un pianoforte color latte, ai piedi di uno scalone con le colonnine tornite e i gradini divelti. Tutto era a pezzi, nella villa un tempo sfarzosa di Uday Hussein, il figlio maggiore di Saddam: il letto con il baldacchino rosa, il garage con decine di automobili lussuose.

Adesso ripensa ai detriti, e ripensa a quel pianoforte bianco, intatto. Un'isola di purezza nella desolazione. Si chiede chi lo suonasse. Che c'entra un pianoforte bianco nella vita di un tiranno? Uday stanava i nemici ad uno ad uno, li catturava, li uccideva con le proprie mani e gettava i corpi nelle macchine per la lavorazione del legname, oppure in vasche piene di acido. Era un mostro, Uday. Il giornale ne riassumeva la storia, pubblicando le fotografie del cadavere. Il corpo violato dai proiettili, adagiato sulla barella metallica e ricucito alla buona dopo l'autopsia.

Di intatto era rimasto soltanto il pianoforte.

Lui intanto suona e pensa a come si riducono i dittatori in trappola, a Hitler nel bunker della Cancelleria, pensa ai bambini di Goebbels bellissimi, biondi e avvelenati, a Gheddafi nascosto in un tubo di cemento, ai capi mafia ancora vivi e già sotto terra.

La sua musica.

Il verso animale di una sirena.

Squilla un telefono, si dispera un cane.

Un colpo di vento spinge la bandiera sul viso di una ragazza in ascolto. Il rosso del tricolore le sfiora i capelli.

MELODIA LEGATA CON ACCORDI SCIOLTI

Lei collezionava palle di vetro. Gliele portava papà quando tornava dai suoi viaggi. Poi lui andò in pensione, ma lei continuò a raccogliere quei piccoli universi trasparenti e chiusi. Tutto di quei globi la affascinava. La delicatezza con cui si posano le scaglie di luce. La lontananza dei luoghi evocati, niente dolore lì dentro, una bellezza fredda e rassicurante. E poi il senso di dominio: la neve scende solo a comando su quei paesaggi, con una breve rotazione della sfera. Ma la cosa più bella era la lentezza dei fiocchi, il tempo concesso per osservare ogni forma coprirsi di bianco. Qualcosa di ordinato e prevedibile, nulla fuori controllo. E nessun rumore.

C'erano giorni lunghissimi. La scuola, gli esercizi col piano, il pranzo, la lezione, i compiti, la cena. Quando cambiò città, tutto divenne ancora più difficile perché il Conservatorio era lontano. E nessuno la aspettava fuori dal portone.

Nei primi tempi le era accaduto di pensare al ragazzino in punta di piedi, a quella sua strana timidezza. Le pareva si fossero incontrati due esseri muti, due creature senza bisogno di voce. Con lui era come stare dentro la palla di vetro però insieme, dentro e fuori allo stesso tempo, senza minacce, senza comandi.

La lontananza e gli anni sbiadirono quei pensieri. Continuava a suonare, anzi suonava sempre meglio. Era una ragazza ordinata e diligente, non priva di talento e determinata. Aveva cominciato a esibirsi in pubblico e aveva mantenuto il vezzo della sciarpa rossa. In primavera, la sciarpa diventava un foulard per tornare sciarpa alla fine dell'autunno.

La sera, prima di andare a dormire spolverava i globi di vetro e ne girava qualcuno, per rilassarsi. Le sembravano clessidre e aveva imparato il tempo di ogni nevicata, l'intervallo necessario perché nell'atmosfera senza vita e senza dolore tornasse la quiete, l'immobilità.

Non era uguale per tutti i globi.

Non esisteva una nevicata uguale all'altra.

Aveva, come sempre nelle collezioni, i suoi pezzi preferiti. Quello con la pattinatrice sul ghiaccio con il costume rosso e la mano destra a stringere il pattino sinistro, mentre l'altra mano bilancia il movimento e permette l'equilibrio. Le piaceva la sostanza gelida del ghiaccio e la neve del cielo.

Adorava, poi, la bizzarria della palla di vetro col

banchiere, un sorridente uomo d'affari con le braccia protese verso l'alto e una pioggia sulla sua testa, banconote anziché fiocchi.

Oppure il fante nella tormenta: lei lo immaginava assiderato ma fedele al dovere, a guardia di un palazzo vuoto. Ma questo non contava. Anzi, la sua bellezza consisteva proprio in questo, il sacrificio di un ordine insensato da eseguire fino alla fine dei giorni.

I personaggi sotto vetro erano compagni discreti, a volte parlava con loro raccontando la giornata, le tristezze, i desideri. Amava di un amore speciale il pupazzo di neve dentro la palla di neve, le piaceva che il bianco confondesse tutto, dava un senso di protezione: invidiava il pupazzo e quella meravigliosa capacità di sparire. Poi c'era la nave, un veliero nel cuore del tifone, alle prese con le muraglie d'acqua di Capo Horn: nulla lo avrebbe rovesciato, nessun marinaio sarebbe morto e l'oceano avrebbe dissolto anche l'ultimo fiocco.

Ma più di tutti la incantava il globo col fenicottero rosa. Il magnifico animale in equilibrio su una zampa aspettava che il cielo si oscurasse, e le nuvole portassero quella neve che nessun fenicottero ha mai visto: loro fuggono verso il sole, eppure lei pensava che questa fosse una falsa libertà. Sapeva che si è davvero liberi quando si resta, non quando si parte. Lo aveva imparato un pomeriggio, dentro una piazza, guardando negli occhi un ragazzino che invece, i suoi, li abbassava.

POSIZIONI TESE CON MANO TRANQUILLA

A Taksim indossai una maglietta rossa e una sciarpa con la mezzaluna.

Riuscii a suonare due volte in un solo giorno, il pomeriggio e la sera, poi mi sequestrarono il pianoforte e lo tennero in caserma per quarantotto ore.

Chiedere, aspettare, non capire e non ricevere risposte.

Alla fine un militare mi chiamò urlando, mi indicò il rimorchio dove avevano caricato lo strumento, mi fece il gesto di riprenderlo e mi consegnò il foglio di via: espulso.

Avevo ventiquattro ore di tempo per lasciare il paese.

Cosa resta, dopo?

A Taksim tutto era partito da una protesta pacifica per salvare gli alberi di un parco, poi la polizia e l'esercito avevano sparato sulla folla con i cannoni ad acqua e i lacrimogeni. La televisione aveva mostrato le immagini degli scontri, c'erano stati morti, uno studente con la testa spaccata. La protesta aveva attirato gente anche fuori dalla città. Il ponte sul Bosforo era stato chiuso, si creavano blocchi che venivano sciolti con la forza. Ci si era dimenticati presto del destino degli alberi, e le proteste erano dilagate. Decisi di andare laggiù.

I ragazzi mi ascoltarono seduti in terra, sotto il monumento. Dopo un paio d'ore qualcuno mi portò da mangiare. Poggiò un piatto e una bottiglia d'acqua sul pianoforte. Intorno scattavano fotografie, dicevano parole misteriose e si abbracciavano. Molti venivano a toccarmi, a stringermi la mano tra un pezzo e l'altro. Suonai qualcosa di facile. Mi tremavano le dita. Una ragazza mi spiegò che nel bar in fondo alla piazza aveva visto picchiare una donna: portava una bandiera rossa attorno al capo, si riparava con le braccia e il poliziotto la colpiva con il manganello. Mi disse che non c'era bisogno di provocare per essere feriti e umiliati, che la reazione degli agenti e dei militari era sproporzionata, inaccettabile.

La sera sfruttai l'effetto sorpresa. Gli agenti mi guardavano in modo strano: un pianoforte non costituisce reato, ma se crea un assembramento allora sì, va tolto di mezzo. Ed è quello che accadde. Nonostante questo, feci in tempo ad attaccare con il brano che avevo scelto,

Maybe di Yiruma, e a vedere i due ragazzi che si avvicinavano al pianoforte e sedevano accanto a me, come sui banchi di una chiesa o su una panchina.

Il ragazzo non diceva niente, mentre lei fece un lungo discorso incomprensibile. All'improvviso si fermava, chiedeva assenso o aspettava una risposta. Smisi di suonare e la osservai: aveva una sciarpa rossa.

Pensai: dov'è lei, adesso? Starà suonando? Si starà esercitando dentro giorni sempre uguali? Ogni ora, un nodo di note da sciogliere.

Lei era il mio terzo pedale, quello di risonanza. Non sapevo dare nome a una cosa del genere, la parola amore mi sembrava assurda. E andando via, aveva fatto partire anche me.

Siamo come le mani del pianista, avrei voluto dirle: insieme, eppure ognuna per conto proprio.

La ragazza parlava, il ragazzo taceva.

Però fu lui a mettere la mano in tasca per tirar fuori una scatola di velluto blu. Dentro c'erano due anelli d'oro. Fu lui a prenderle la piccola mano, abbandonata e senza difesa, e a infilare il dito magrissimo nell'anello. Poi lei fece la stessa cosa con lui. Naturalmente accennai la marcia nuziale. Applaudivano tutti, qualcuno ballava, ma la sera scese in fretta.

Tutto era stato troppo.
Troppo studio.
Troppa solitudine.
Troppa disciplina.
Troppa malinconia.
Troppa fatica.
Troppi esercizi.
Troppo dolore.

Il giorno dell'esame, semplicemente scappò.

Non l'aveva deciso prima.

Era andata al Conservatorio con gli spartiti sotto il braccio, la sciarpa rossa al collo e le note tutte in fila nella testa. Camminava e suonava col cervello. Metteva un piede dietro l'altro e intanto le sue mani si rincorrevano come scimmie. Sei tu la scimmia, pensava. Ti tirano noccioline sin da piccola e le afferri al volo soltanto per compiacerli. Sei un cane da circo, una pulce ammaestrata. L'aveva letto in un libro: nell'Ottocento esistevano spettacoli con le pulci addestrate come tigri o leoni. Le facevano saltare, trainare piccoli carri, legandole l'un l'altra con filamenti d'oro. Sulle prime non ci aveva creduto, ma siccome era una ragazza curiosa si era documentata e aveva scoperto che quelle pulci eseguivano davvero esercizi da circo. Allora aveva pensato: non sono una scimmia, sono una pulce. Le scimmie almeno sono divertenti, le pulci invece le odiano tutti, danno fastidio, fanno prurito, s'infilano tra i capelli, le pulci dormono nelle vecchie coperte e nei materassi sfondati. Sei una pulce ammaestrata e hai imparato un esercizio solo. È da tutta la vita che lo impari.

Mozart.

Da uscirne pazzi. E lei voleva uscirne senza impazzire.

Le invenzioni a due voci, due cose diverse che però stanno insieme e si inseguono. Lei era così, aveva braccato per anni la sua voce solo per replicarla, senza mai decidere cosa dire davvero.

Nell'aula dell'esame la chiamarono quando lei era già in strada. Stringeva forte gli spartiti. Aveva avuto la tentazione di gettarli al vento, ma era sembrato anche a lei troppo banale. No: sarebbe tornata a casa e non avrebbe detto niente a nessuno.

Rientrò tardi.

Ma che fine hai fatto, ti abbiamo aspettata tutto il giorno, eravamo in pensiero.

È tutto a posto.

E l'esame?

Non l'ho dato, non m'importa.

Si chiuse in casa e passarono mesi. Guardava il pianoforte come un compagno al quale non si abbia più nulla da dire. Non riusciva ad ascoltare musica. Quando sentiva cantare qualcuno diventava matta. Ogni volta spegneva la radio, il televisore.

Però le mancavano le cadenze dei gesti, i meccanismi automatici dentro quei giorni identici. La facevano soffrire il lento intorpidirsi dei muscoli e il sonno delle dita. Aveva penato così tanto per renderle indipendenti – dieci piccoli corpi autonomi governati da un cervello solo, capace però di moltiplicarsi e dividersi – e adesso tutta l'immane fatica era perduta. Le mani e la testa rallentano se non le alleni più, il loro peso aumenta ogni giorno di un grammo finché non diventano ghisa.

Era furiosa con se stessa. Si era dissanguata.

Suo padre non capì. La trattò come un'appestata, le rinfacciò il denaro speso per gli studi, anzi, no, non speso: sprecato. Sua madre invece aveva provato a difenderla, poi però era rimasta zitta.

Prima di andarsene di casa, decise che avrebbe messo a frutto un poco del tempo trascorso sul pentagramma e che avrebbe insegnato la musica ai bambini. Ma non fu facile vincere la nausea delle note, all'inizio le sembravano scarafaggi, ragni velenosi. La aiutò un amico medico. Dopo quasi un anno di analisi, la musica non le sembrò più una nemica o una maledizione. Soltanto uno strumento di lavoro. Non era più lei lo strumento: aveva creduto per un'infinità di tempo che lo strumento fosse il pianoforte, invece era lei. Ora si prendeva la sua piccola vendetta. Trattare la musica non come un dio cannibale, ma come un semplice mezzo per campare. Insegnò a suonare e non suonò più. Diventò professoressa, i ragazzini stringevano il flauto con dita impacciate e goffe, lei mostrava la giusta posizione delle mani.

Diceva come fare, ma non suonava.

INDIPENDENZA DELLE DITA

Le vibrazioni dell'aereo sono come quelle del pianoforte. Tenevo la schiena appoggiata alla parete del C130, sugli aeroplani militari si sta seduti così, contro la fusoliera, uno accanto all'altro, e la cassa armonica del mio corpo era percorsa da un fremito continuo. I martelletti ci colpiscono senza tregua, mi ripetevo senza prendere sonno. Siamo corde, non d'acciaio purtroppo.

L'atterraggio a Kunduz era previsto entro un'ora, una manovra a vista per evitare i missili. Il maestro mi aveva spiegato che la paura viene prima, quando si pensa troppo. Aveva ragione. Avevo chiesto all'esercito di essere accompagnato nelle zone di guerra. Avrei voluto suonare per i militari in Afghanistan, e alla fine mi risposero di sì. Era stato complicato, soprattutto il trasporto del pianoforte, ma loro l'avevano reso possibile. E in viaggio avevo pensato a lei, un po' per il timore dell'ignoto, un po' per quell'allontanarmi progressivo dal suo mondo.

Fu un atterraggio senza problemi ma pieno di scossoni, la pancia dell'aereo si abbassò di colpo tra le montagne, mancò poco che non strappassi la cintura di sicurezza che mi reggeva. Quando ci fermammo sulla pista, mi accorsi che il viaggio non era che iniziato. Indossavo la mimetica e l'elmetto, io che non avevo neppure fatto il militare.

Due boati mi fecero pensare a un attacco.

Stiamo solo sminando, disse l'ufficiale, accompagnandomi a recuperare il pianoforte che i soldati avevano scaricato con un muletto. Mi impressionarono la luce arancione e lo smalto del cielo. Era una giornata sfavillante. Prima di partire avevo letto che Alessandro Magno aveva fermato il suo esercito proprio nella valle del fiume Kunduz, in attesa di attaccare la Battriana. Sapevo che Kunduz era stata la roccaforte talebana e che l'ospedale di Medici Senza Frontiere aveva lì la sua base.

Fuori dalla zona militare che sull'altopiano circondava la pista d'atterraggio, decine di bambini protendevano le mani ripetendo la stessa cosa, un verso più che una parola, quasi un sibilo, *bakshish*, *bakshish*. Chiedevano l'elemosina, toccando, spingendo e spalancando gli occhi enormi e scuri. Ogni cosa era intrisa di polvere e terra e ne odorava. Respirare era assorbirla, la sentivo scendere in gola, la immaginavo depositarsi nei polmoni. Forse mi ammalerò, pensai. E mi scoprivo debole di fronte all'idea di essere lì per dare un po' di conforto a chi metteva in gioco la vita in cambio di un ordine.

Avrei suonato due giorni più tardi, al quartier generale. Non sapevo quanti soldati mi avrebbero ascoltato, però io non dovevo dire niente e l'esibizione non sarebbe durata più di mezz'ora. Avevo immaginato gli artisti che in guerra vengono invitati al fronte per allietare le truppe, pensavo ai soldati che la sera ascoltano una canzonetta e il mattino dopo muoiono. Mi chiedevo se la musica non fosse soprattutto una sospensione della vita e dunque del dolore.

L'arte, un'anestesia?

Io viaggiavo per allontanarmi da qualcosa, non per avvicinarmi a qualcos'altro. Chissà dov'era lei adesso.

Mi avvolsi dentro il sacco a pelo, su una tavola di legno. Faceva molto freddo. L'Afghanistan è montagna, vento e polvere nell'aria di ghiaccio. Mi impressionò il traffico, la corsa ininterrotta di veicoli sgangherati su e giù per le strade, le ruote cigolanti mescolavano ancora sabbia e altra terra. C'erano venditori ambulanti e mendicanti, perlopiù storpi, ciechi o bambini. Kunduz era una corte dei miracoli rumorosa e festante. Bimbi piccolissimi e seminudi circolavano soli. Donne in burqa attraversavano le vie, sveltissime: mi spiegarono che quello scafandro di stoffa, oltre ad essere un'aberrazione, è un pericolo mortale perché lì dentro non si vede quasi nulla, dunque attraversare la strada significa non accorgersi di auto e furgoni. In tante venivano schiacciate così. Ma per le ragazzine che diventavano donne, riceverlo significava l'ingresso nell'età adulta. E molte insegnanti, negli anni in cui i talebani avevano vietato alle donne di frequentare le scuole, sotto il burqa portavano i libri e i quaderni nelle case, a rischio della vita, per insegnare a leggere e scrivere alle bambine.

La sera, i soldati accesero un falò e io suonai *All of me* accanto al fuoco che si riverberava sui volti.

Siamo corde continuamente scosse.

Siamo qui e siamo lontani.

Lentamente cominciò a nevicare.

Infilo i guanti in lattice, metto gli occhiali e la mascherina alla bocca, inizio a sezionare. Il bisturi recide perfetti tagli verticali: si tratta di isolare il cuore dal resto del corpo.

Ormai eseguo in maniera meccanica, senza più bisogno di concentrarmi. Mi dedico a questa attività nei periodi di pausa tra un viaggio e l'altro.

Operazione delicata.

Yaki Blue. Jay's Ghost Scorpion. Moruga Yallow. Naga Viper. Trinidad Moruga Scorpion. I miei peperoncini hanno nomi suggestivi. Bisogna saperli operare senza toccarli mai.

Questione di destrezza.

Il più terribile di tutti è il Carolina Reaper, raggrinzito come il volto di una mummia, rosso come il canale di scolo dell'inferno. Può uccidere. Toccare un solo seme del Carolina Reaper senza protezioni ti manda all'ospedale. Così, a volte, la memoria.

Perché i peperoncini sono mio padre e i nostri pranzi in famiglia, il sugo di pomodoro di mia madre, sono la mia bocca infuocata per sentirmi già grande.

Se ne toccassi uno a mani nude non potrei suonare per giorni interi, ma amo troppo disporre il quadro astratto dei corpi multicolori nella teglia, e quindi apro i frutti, estraggo i semi, li adagio su un letto di sale grosso, alternando uno strato di peperoncino a due strati di sale, e finisco mettendoci un peso sopra. Deve strizzarsi così per quattro giorni, nel sale che ne estrae gli umori. L'ultimo mese lo dovrà passare al buio, in un silenzio sepolcrale, e solo allora si potrà gustare l'essenza di fuoco.

Metto a dimora le bottiglie d'olio in cantina, vado a suonare per un mese e poi rientro, trovando l'essenza bell'è pronta. Questi piccoli pezzi si macerano, si cucinano da sé. E mentre sono via, in giro col mio pianoforte, penso all'intingolo che si sta componendo come se mio padre e mia madre fossero ancora lì a cucinare e battibeccare. Mi piace che qualcosa, nel segreto di casa, attenda il mio ritorno.

Un modo come un altro per sentirmi meno sradicato e solo.

Perché il problema è sempre questo mio chiedermi cosa accada dopo. Dopo aver lasciato i filetti in infusione, dopo avere abbandonato una piazza dove ho suonato, dopo uno scontro tra persone, un agguato, una protesta, un incontro. Un fatto iniziale non è che il primo passo, poi il resto procede da sé. Persino io.

ARTICOLAZIONE DELLE DITA A MANO QUIETA

Misi il pianoforte su una nave e me ne andai in America.

Devi farlo, i soldi te li presto io, mi aveva detto il maestro.

Sapeva che non glieli avrei mai restituiti, però non gliene importava niente.

Tu pensa a suonare, mi ripeteva, vai a scoprire cosa c'è laggiù e poi dimmi.

Caricai il bagaglio, fissai il rimorchio col pianoforte dentro e legai la bicicletta sopra l'auto.

Durante il viaggio vidi una tartaruga gialla, enorme, galleggiare accanto allo scafo. La indovinai dall'alto dell'ultimo ponte. Era come guardare dal balcone di un palazzo di sette piani. Da quell'altezza era solo un cerchio colorato e mi venne curiosità, feci le scale correndo, presi l'ascensore e arrivai alla balconata del primo ponte, sicuro che quella cosa non ci fosse più: invece era ancora lì ed era proprio una tartaruga. Si lasciò contemplare per qualche istante, poi s'inabissò.

Ormai mi stavo abituando ai viaggi lunghi.

Dopo tre settimane sbarcammo all'alba e mi colpirono le automobili che procedevano lentamente, come un liquido denso incanalato lungo le statali e le autostrade. Mi ci tuffai, guidando nel flusso per molte ore.

Fu un'esperienza bella e felice.

Mi piacque suonare per un pubblico spensierato, a volte un po' distratto.

L'arcobaleno si allargò d'improvviso dentro le cascate e io ero lì, quasi sul bordo, a far piovere le mie note scavalcate dal rombo dell'acqua delle Niagara Falls.

In Alabama, mentre suonavo *Sogno* di Schumann, mi si avvicinò una mucca, il muso quasi sopra la tastiera: rimase immobile ad ascoltarmi. La gente rideva ma io ero tranquillo, mi piaceva l'assoluto abbandono di quell'essere, lo sentivo vicino.

A Memphis suonai proprio sotto la statua di Elvis, in un pomeriggio torrido. Una ragazza mi portò un gigantesco bicchiere di aranciata.

Quello che ci rimane, alla fine, sono i dettagli.

Nella stazione ferroviaria di Philadelphia avevano piazzato un pianoforte che sembrava un'orca. La cosa mi divertì e lasciai il mio strumento nel rimorchio. Chiunque poteva suonare, lì nell'atrio. La gente restava ad ascoltare oppure passava oltre. Mi misi alla tastiera e accennai *Comptine d'un autre eté* di Yann Tiersen, poi feci *River flows in you* di Yiruma e *Summertime*. A quel punto mi piaceva un intermezzo jazz, mi intrigava farlo proprio lì, in America, anche se mi sentivo un tennista che palleggia svogliatamente contro il muro. Si era fermata un po' di gente, avevano capito che non ero il solito studente che improvvisa. Allora attaccai *Gymnopédie no.1* di Erik Satie, pura suggestione, tre minuti e mezzo in cui le note sembrano piccole solitudini, come se ciascun istante potesse reggersi da solo. Serve silenzio, per apprezzarlo, e lo ottenni: per un poco, fu come se l'intera stazione avesse socchiuso gli occhi e fosse rimasta in ascolto.

Lo avvertivo nel profondo.

Suono per me, viaggio per me. Mi accade un po' ovunque di sentirmi unito agli altri, al pubblico di passaggio, incontri effimeri che vivo come un ponte per tornare a me stesso. A volte succede che alzi lo sguardo per interrompere quel collegamento e cercare un viso, un segno, per avere un dubbio, per verificare se la linea – io, loro, io – possa spezzarsi.

Appoggio il piattino sul pianoforte. Chissà se lei avrà mai suonato per denaro, se avrà consegnato le sue note a un pubblico imprevisto. Chissà se avrà mai suonato per qualcuno. Chissà se avrà continuato a studiare, e per quanto tempo, e perché. Forse sarà davvero diventata una musicista, o forse si sarà stancata e oggi vivrà d'altro, senza mai sollevare il coperchio dalla tastiera. Forse ogni tanto suonerà per sé. Forse non ne avrà più voluto sapere, perché se smetti di provare e riprovare, se abbandoni la teoria infinita degli esercizi le tue mani e il tuo cervello rallentano, i muscoli si indeboliscono e perdono tono, i polmoni si abituano a contenere meno ossigeno, il cuore si impigrisce. Ma lei non è tipo da accontentarsi: la penso pianista vera oppure niente, un'altra cosa, le note zittite, le mani in tasca nelle sere d'inverno. Mani arrossate dal freddo. Erano belle le sue mani, io le vedo mentre stringono la cartella con gli spartiti e sistemano il nodo della sciarpa rossa.

A New Orleans trascinai pianoforte e bicicletta fin sotto il ponte sul Mississippi, dove nei giorni dell'uragano Katrina l'acqua era esplosa uccidendo duemila persone. Aveva inabissato le case, e nei filmati era come se i tetti galleggiassero. Tra gli oggetti non esisteva più ordine, avevano perso il loro peso e l'orientamento nel mondo. Alberi con le radici in aria, furgoni contro i muri.

Una nebbia d'acqua sospinta dal vento avvolse ogni cosa, persino i grattacieli parevano ombre incerte: la città della musica e dei colori smaltati si era spenta. La campagna, un mare scuro e senza vita. Pochi giorni dopo l'uragano, qualcuno aveva cominciato a suonare i sax e le chitarre nelle strade, e quello fu il primo segno della vita che riparte. E adesso anch'io ero lì, con le mani appoggiate ai tasti.

Quella sera si commemoravano le vittime e tra le fiaccole suonai *Hallelujah* di Leonard Cohen come per non disturbare. Un giornale e qualche sito Internet diedero la notizia, raccontando la storia dell'insolito pianista in bicicletta, dunque c'era un po' di gente ad aspettarmi. Molti stringevano candele, una bambina appoggiò sul pianoforte un piccolo cane di pezza. L'arcata del ponte sembrava la volta celeste, una curvatura capace di contenere ogni dolore: in quei momenti, mi chiedevo se la musica ne facesse parte o se piuttosto non li ferisse, se non fosse solo una distrazione inutile. La risposta era negli sguardi del pubblico. Molti neppure ascoltavano la musica, che rimane però nell'aria come una scatola di vetro, una protezione, e dà tregua dalle sciagure che non possiamo controllare. Le note alzano pareti trasparenti e poi si accomodano lì dentro, intoccabili. E siamo lì dentro tutti quanti, ognuno col proprio bisogno di solitudine.

A New York avvicinai la bicicletta a Ground Zero. La presenza di quei morti era troppo forte. Pensai che non esiste il silenzio perfetto, mentre sollevavo come un automa il coperchio della tastiera.

Nessuno capì davvero John Cage quando eseguì per la prima volta *Quattro, trentatré*: quattro minuti e 33 secondi di apparente nulla, col pianista che accenna i movimenti preparatori della sua musica, ma non la suona.

Legge lo spartito.

Fissa le note con lo sguardo.

Solleva la mano destra e la lascia abbandonata così, nell'aria, per il tempo lunghissimo del primo movimento.

Abbassa la mano.

Legge di nuovo le note.

E va avanti così, gesticolando appena, come un piccolo inchino: in realtà sta seguendo il tempo.

Ed è questo che accade ogni volta, in attesa della prima nota, quando il silenzio si colma del suo contrario. Quei rumori in apparente contraddizione rappresentano la forma più profonda del silenzio, e della musica stessa.

Sto per cominciare a suonare. E distinguo, come Cage, ogni atomo caduto in quell'illusione di vuoto di Ground Zero. Il colpo di tosse del fotografo, il fruscio di una bici, un gomito e un piede appoggiati al monumento, il motore di un furgone in lontananza, il tappo di una bottiglia d'acqua che viene svitato, il volo di un moscone, una finestra aperta e chiusa di colpo.

Il silenzio.

CHIAREZZA NELLA VELOCITÀ

Aveva visto quel ragazzo avvicinarsi pedalando come un ciclista dell'Ottocento: gli mancavano solo i baffoni e il velocipede. Le era parso subito un personaggio bizzarro, la testa piena di riccioli, un accenno di barba. Un Gesù in miniatura, pensò. Lo vide raggiungere un lato della piazza e scendere dall'alto della bici come un acrobata.

Lo osservò mentre sganciava dalla bicicletta un paio di grosse borse appese. Aveva anche due scatole di legno, la più grande davanti, sotto il manubrio, a forma di cilindro, e un'altra dietro, rettangolare. Lui aprì la scatola grande che conteneva una serie di oggetti e qualcosa che assomigliava a un piccolo albero. Poi sistemò anche la seconda scatola che aveva il fondale dipinto, un pannello che venne sfilato e sostituito con un altro. Lei non capì bene cosa stesse accadendo e riprese la sua passeggiata.

Tornò nella piazza un paio d'ore più tardi e lui era ancora lì.

Sopra la scatola più grande aveva aperto un telo chiaro a fiori, un patchwork. Era come la tenda di un piccolo circo. Intorno al cilindro c'erano bambini con gli occhi appoggiati al legno, che aveva dei buchi fatti apposta per guardarci dentro: a diverse altezze, nel cilindro si aprivano fessure a forma di occhiali. I bambini restavano incollati senza fiatare per più di cinque minuti, poi altri prendevano il posto dei primi. Da fuori si sentiva una voce raccontare una storia che parlava di un albero che cacciava tutti gli animali dal suo tronco, finché non aveva bisogno di loro per essere salvato da un incendio.

Sotto il tendone c'erano un bagliore di luci colorate e una musica. Un mondo chiuso e variopinto.

Come una palla di vetro, pensò.

Il ragazzo con i riccioli uscì per un momento da sotto il tendone e bevve un po' d'acqua. La vide, e senza dire una parola le fece segno di avvicinarsi. Nel cilindro c'erano due fessure più alte, fatte apposta per gli adulti. Lei appoggiò gli occhi e attese. Cominciò dunque la storia di *Castagno Taccagno*, l'albero dapprima antipatico e sprezzante, poi bisognoso e improvvisamente gentile. Per necessità? Per opportunismo? Perché così va il mondo? Ogni spettatore la pensasse come voleva.

Le piacque moltissimo.

Dopo un paio d'ore il ragazzo aveva finito il suo

lavoro. Era quasi mezzanotte e lei era rimasta fino alla fine, appoggiata a un palo della luce.

Ne ho anche un'altra, di storia. Parla di un viaggiatore che non vuole viaggiare, le disse mentre stava rimettendo a posto le sue cose.

Se io fossi un viaggiatore, rispose lei, vorrei viaggiare.

Il ragazzo la fissò un momento.

Non è mica detto, disse.

Torni domani, gli chiese.

No, i miei spettacoli durano solo un giorno. Dal secondo, la gente si abitua a te e finisce la magia.

Restarono seduti sulle panchine in piazza. Lui doveva ancora cenare e tirò fuori un panino da un involto, lei gli tenne compagnia. Bevvero succhi di frutta e parlarono. Parlarono tutta la notte.

Lui le raccontò che viveva facendo spettacoli in giro per l'Europa e si spostava in bicicletta. Pedalava anche per cento chilometri al giorno, e il pomeriggio cercava un posto dove dormire – un campeggio, un ostello, a volte una pineta o una spiaggia – e poi sceglieva la piazza per lo spettacolo, cercando di capire se occorressero permessi e, nel caso, tentando di procurarseli. Non era sempre facile e non c'era un luogo che avesse le stesse regole di un altro. L'artista di strada deve improvvisare, essere pronto agli ostacoli.

Sarà faticoso pedalare tanto, disse lei. E lui le

spiegò che la sua bicicletta aveva la pedalata assistita.

Sai cos'è?

No, non lo sapeva.

È un meccanismo che può essere azionato dall'energia elettrica, per esempio quando sei più stanco o quando la strada sale. Ho messo pannelli solari che alimentano la bicicletta, la centralina per le luci e le musiche. Però la pedalata assistita la uso poco, altrimenti spreco l'energia che mi serve la sera. Per caricare meglio gli accumulatori bisogna pedalare nelle ore più luminose, che però d'estate sono naturalmente le più calde. Gli spettacoli invece li faccio di sera, quando è fresco e posso resistere un paio d'ore sotto il tendone. Sono marionettista.

Si alzarono. Lui si avvicinò alla bicicletta, le spiegò che non poteva lasciarla incustodita. Sono tanti, i ladri e i dispettosi.

Guarda qui, le disse. Aprì le borse col materiale per gli spettacoli. C'erano un panino, una fragola, una mongolfiera, una torta, un gelato, un treno, una barca a vela, un aeroplano, un'automobilina e un pollo giallo e spelacchiato. Sono i personaggi dell'altra mia storia. La storia di *Giuanin 'dla vigna*.

Il viaggiatore che non vuole viaggiare?, chiese lei.

Giusto, rispose lui. E gliela raccontò.

La mattina dopo sarebbe ripartito: ogni tappa era già decisa, anche se a volte gli accadeva di variare il programma.

E quando piove come fai?, gli chiese lei.

Ho un grosso telo per coprire la bicicletta e tutto quanto, rispose il ragazzo, e comunque i temporali si fanno annunciare, ti danno sempre il tempo di arrangiarti. Io, quando ne sento arrivare uno, cerco riparo in un portone o sotto un cavalcavia. Poi faccio quello che mi riesce meglio: aspetto.

EGUAGLIANZA NELL'ALZARE LE DITA

Raggiunsi Kiev quattro mesi dopo gli scontri, con la bandiera gialla e celeste dell'Ucraina legata al pianoforte. Era una limpida giornata di giugno e piazza Maidan mi sembrava il luogo più quieto della Terra. Spinsi la bicicletta sotto la grande statua dell'arcangelo Michele, protettore della città. I poliziotti mi guardavano incuriositi, però mi lasciarono fare: ero una stranezza, non una minaccia.

Indossavo una camicia leggera e avevo in testa un cappello. Mi accorsi di essere osservato dalla gente, non molta, come una bestia rara. Chi mai poteva essere quel musicista con le ruote sotto il pianoforte e il simbolo della pace disegnato sul coperchio nero?

Avevo scelto piazza Maidan perché era il luogo della resistenza e delle barricate. Un centinaio di persone erano morte tra il 19 e il 20 febbraio, quando le milizie di Yanukovic avevano sparato sulla folla. La protesta durava da otto mesi, e gli ultimi erano stati i più gelidi dell'inverno. I primi colpi, i primi sassi e le prime bottiglie molotov scatenarono due giorni di guerriglia durissima. Come succede sempre, la repressione fu molto più pesante dell'offesa. L'esercito sparò, e caddero soprattutto ragazzi.

Prima di partire per il lunghissimo viaggio in auto fino a Kiev, avevo guardato con attenzione i video su Internet. Il freddo usciva dallo schermo e ti invadeva. C'era quell'immagine del poliziotto colpito alla nuca, forse da un sasso, mentre fuggiva. Cadeva come un pupazzo, probabilmente morto all'istante. L'aggressore trascinava il corpo sul selciato come un fagotto di stracci, all'inizio da solo, poi con l'aiuto di un altro.

C'erano tende bianche al centro della piazza, forse di qualche organizzazione umanitaria. Sistemai i fermi alle ruote del pianoforte e mi misi alla tastiera. La Duma era affacciata sulla piazza, segnata a terra da una grande stella e in cielo dalla spada d'oro dell'arcangelo. Era lui, da lassù, a vegliare su Kiev, in pace e in guerra.

Mi ripetevo sempre la stessa domanda: cosa rimane nei luoghi del dolore?

Occorre una sensibilità da gatto per captare certe presenze ancora vive, il selciato ancora annerito dai fuochi, gli sfregi sui muri, qualche casa sbrecciata, il sangue scuro così difficile da lavare?

I segni più profondi, negli sguardi delle persone.

Anche adesso, in piazza Maidan, gli occhi che mi guardavano erano rivolti altrove, a qualcosa di già accaduto.

C'era un anziano sacerdote con la tunica nera e una lunga barba, due crocefissi al collo e l'espressione assorta. Un vecchio reggeva la cartella rosa di una bambina, e la bambina adesso mi applaudiva. Anche il vecchio aveva altro nello sguardo. Quasi tutti sembravano distratti, fuorché la bambina e la ragazza con le unghie lunghe che abbracciava il fidanzato, sorridendo. Il sangue e il fuoco dell'inverno non le avevano tolto la capacità di amare, e la musica le aveva asciugato il veleno dal corpo. O forse era semplicemente altrove, dove poteva sentirsi felice nonostante tutto.

Suonai Čajkovskij, prima *La bambola malata* e poi *Il funerale della bambola.* Arrivò una ragazzina con un violino, e senza domandare permesso cominciò a suonare anche lei: non un accompagnamento, proprio una cosa sua. Ne fui sorpreso e improvvisai qualche battuta. La ragazzina suonava seria. Forse non si era mai esibita in pubblico, e il mio pianoforte le aveva dato il coraggio proprio mentre stava andando a lezione. Indossava una giacca rossa e io pensai a lei, alla sciarpa che le riparava la bocca. Pensai alla piccola pianista concentrata nell'esercizio e pensai a me.

Appeso alla ringhiera riuscivo a vedere così poco.

Quella notte non era riuscita a dormire.

Si era assopita soltanto all'alba e aveva sognato una palla di neve con dentro una conchiglia e un gambero. La conchiglia era di un rosa delicatissimo, e si apriva per liberare l'animaletto che, dopo aver fatto qualche giro intorno alla conchiglia, cominciava a picchiettare con le antenne sul globo di vetro. Andava avanti così per tutto il sogno. Il vetro non si rompeva, ma il gambero non smetteva di battere e lei sentiva crescere il rumore, prima un monotono tic, tic, tic, poi una specie di martelletto, poi un gong, infine il ritmo regolare di colpi forti, sempre più forti, fino a svegliarla.

Il marionettista era sempre lì, nel piccolo bar della piazza, e stava facendo colazione, la bici appoggiata al muro. Non si erano dati appuntamento e proprio per questo si trovarono. Lei non si aspettava di trovarlo. Voleva solo rivedere quel luogo e pensare. Notò subito la sella di quella bicicletta stramba.

Arrivata al bar, scoprì una cosa che non aveva notato la sera prima. Una scritta piccola sul tendone: Circo Luce. Lui le disse che quello era il suo soprannome. Poi mangiarono biscotti, bevvero caffelatte e rimasero in silenzio ad ascoltare la piazza che lentamente si riempiva di passi. Lei sentì i tacchi battere il selciato e pensò ancora al gambero. Luce le parlò di biciclette. Le disse che al suo paese c'era un piccolo museo dove ne avevano raccolte di molto vecchie, per esempio quelle dei macellai con i ganci per appendere i pezzi di carne. Oppure i tricicli a carretto, con la lunga barra orizzontale invece del manubrio e il freno a contropedale per lasciare libere le mani. Le parlò della Graziella arancione sulla quale aveva fatto il primo viaggio con le marionette fino a Barcellona, quando ancora non aveva le batterie solari ad aiutarlo. Quella volta aveva infilato la scatola più piccola, il suo primo teatro, nella forcella. Il teatro piccolo è quello di Giuanìn, le disse.

Lei gli chiese di raccontarle quella storia.

Luce le offrì la colazione, prese la bici per mano e passeggiando le parlò di questo Giuanìn 'dla Vigna che ha il sogno del viaggio ma non il coraggio di viaggiare.

Giuanìn, disse Luce, immagina di muoversi verso le città del suo desiderio, le vede una a una e con la fantasia le raggiunge in nave, in aereo, in mongolfiera, in treno, peccato che qualcosa non vada mai come deve andare e per questo i viaggi non cominciano. Finché non sente fame, vede un pollo e decide di acchiapparlo. Basta scuse, ora quel pigrone di Giuanìn deve proprio muoversi e allora si mette a rincorrere il pollo per tutto il mondo. Luce prese dalla scatola i fondali delle varie scene, c'erano disegnate città, il Colosseo, la Tour Eiffel, la Mole Antonelliana, un esotico paesaggio di palme, la facciata bianca di un albergo sul mare. Una volta, le disse, il pupazzo del pollo gli era stato rubato da un bambino che l'aveva afferrato scappando e poi l'aveva lasciato cadere: non fu facile recuperarlo. Come vedi è rimasto un po' spelacchiato.

Le spiegò che i bambini sono un pubblico strano e curioso. Sanno come spintonarsi tra loro per raggiungere la scatola di legno e guardare lo spettacolo: quasi nessuno resta indietro. A volte sono egoisti e capricciosi, possono fare i prepotenti con i più piccoli ma anche diventare d'improvviso generosissimi, spostandosi di quel poco che serve a un compagno per guardare nella scatola dallo stesso foro. E poi partecipano, parlano e rispondono alle marionette. Fanno domande schiamazzando e vorrebbero sempre aggiungere qualcosa alla trama. Accade che chiedano altre storie, qualche favola classica, Pinocchio, Biancaneve, oppure film d'animazione. Devono ancora imparare che le storie non si chiedono ma si accettano, senza domandare cosa c'è dentro il pacchetto, sotto la carta colorata e i nastri arricciati. Una storia è sempre un regalo. A volte, disse Luce, qualche bambino prova a infilare le mani dentro la scatola per afferrare i personaggi, e allora io acchiappo le dita e faccio finta di mangiarle. Loro ridono moltissimo, gridano e magari gli scappa qualche parolaccia. Il marionettista muove i fili della storia, dà la vita e la toglie, anche se poi nessuno muore veramente. È tutta una sospensione, un gioco.

Nelle mie favole, disse Luce, non c'è dolore, ai bambini non piace. Poi, senza preamboli, aggiunse: vieni anche tu.

Non ho la bicicletta.

La troveremo.

Non so pedalare.

Imparerai.

Sono magra, non ho la forza.

La troverai.

E le spiegò che dove viveva c'era una specie di officina dove lui portava del ferro di recupero, vecchi tubi, e li saldava per costruire il telaio delle bici: perciò, se lei avesse voluto, gliene avrebbe preparata una su misura come un vestito, e naturalmente avrebbe messo anche i pannelli solari e il marchingegno per pedalare senza fatica, e avrebbero scelto i percorsi più brevi e facili. Aveva in mente un viaggio sulle coste, sfiorando il mare.

Lì, la strada è piatta, disse Luce, soffia una brezza fresca e il sole estivo carica le batterie delle biciclette.

Ma io non sono innamorata di te.

Luce la guardò per un momento, mentre lei gli osservava le mani lunghe, nodose, pensando ai fili che sapevano muovere.

Neanch'io lo sono, rispose il marionettista. Non c'è nessun bisogno di esserlo.

Allora lei gli rispose va bene, preparami questa bicicletta come un vestito.

Forse il gambero sarebbe uscito dalla palla di vetro.

Non c'è molta gente ad ascoltarlo. I pochi che sono lì, hanno da lavorare.

Giornalisti, fotografi, poliziotti.

Lo circondano con obiettivi, telecamere e telefoni, scattano e filmano mentre i poliziotti svettano con i loro elmi lucidi, una barriera appoggiata contro la città come una bicicletta su una cancellata.

Sembra essere arrivato lì troppo tardi per tutto.

E tutto è fuori fuoco.

Aveva pensato che sarebbe andata come le altre volte, una piazza piena di gente da consolare per qualche minuto, persone da prendere in prestito e riconsegnare. Ma stavolta la città non c'è.

Mentre suona, pensa che non è lì per essere guardato, ma che sta facendo notizia. I parigini sono rintanati nelle case, troppo vivi i segni della battaglia, troppo forte la paura che qualcosa di terribile possa ancora succedere. Non per questo suona con meno trasporto. Se qualcuno non vuole capire, c'è sempre il simbolo di pace dipinto sul pianoforte.

Osserva il suo animale di legno scuro. Vede il coperchio un po' rovinato, i pezzetti mancanti, i graffi, le righe. È un mobile sopravvissuto a troppi traslochi.

Alza gli occhi dalla tastiera al muro dei flash. Prova fastidio, anche se non è così ingenuo da non averlo previsto: non si va a suonare in un posto del genere, con il sangue ancora a terra, senza essere visti, ascoltati, filmati, riprodotti e messi in rete. La sua esecuzione è già pubblica prima ancora che lui l'abbia conclusa. Non è più sua.

Forse è stato un errore, pensa, arrivare fin qui.

SCAMBIO DELLE DITA SULLO STESSO TASTO

Luce la portò dove lavorava per buona parte dell'anno come falegname, era un cortile con i vecchi portoni che si aprivano su officine e laboratori. Lui aveva imparato a fare un po' di tutto perché le mani, le disse, sono organi obbedienti. Saldava da sé i tubi di ferro, stringeva i legni nella morsa e piegava la stoffa lungo le cuciture. E lei pensò che il viaggio delle dita sulla tastiera era un tipo di servitù sempre uguale.

Luce le spiegò che la falegnameria era aperta agli abitanti del quartiere. In cambio di piccole somme potevano usare gli attrezzi e sistemare le loro cose, vecchie sedie rotte, macchine per cucire, mobili da adattare allo spazio di casa. Lui era falegname ma anche assistente, insegnava alle persone come fare, le guidava nelle operazioni più complicate, oppure finiva il lavoro che qualcuno aveva cominciato senza sapere come proseguire.

È pur sempre un marionettista, pensò lei: le sue mani guidano quelle degli altri.

Andarono insieme alla «Ciclofficina». A prima vista sembrava un cimitero di biciclette, c'erano pedali e pezzi di manubrio, telai arrugginiti e ruote, raggi, catene, campanelli. Lei ne raccolse uno blu con sopra un delfino e lo fece trillare. Era da tanto che le sue dita non producevano suoni.

Nel capannone faceva freddo.

Luce prese un metro da sarto e con delicatezza, senza neppure toccarla, calcolò la lunghezza delle braccia, delle gambe e del tronco, poi scrisse le cifre a matita su un taccuino. Io uso solo materiale di recupero, le disse. Si mise sul volto la maschera da saldatore e le chiese di tenersi un po' lontana dalle scintille. Se voleva guardarlo, doveva usare anche lei uno schermo di vetro scuro. Poi cominciò a unire i pezzi che aveva tagliato. Dagli angoli di saldatura si sprigionava un minuscolo fuoco di capodanno, un blu profondo e incandescente colorato alla base di rosso acceso, lo stesso della sciarpa che lei portava attorno al collo. Dopo un'ora, il ferro aveva preso la forma giusta.

Luce aveva scelto per lei una sella in cuoio recuperata da una vecchia bicicletta, rimessa in ordine e ammorbidita col grasso. Le parve un gesto gentile. Nessuno si era mai preoccupato della sua comodità. Gli chiese se poteva avvitare sul manubrio il campanello col delfino e lui rispose perché no?

Era bello quel posto, pieno di oggetti perduti. Legno, ferro e tessuto tornavano a vivere. Altri ragazzi e ragazze come Luce andavano e venivano sotto il capannone in un sottofondo da officina, colpi picchiati sulla materia, stridori, voci.

Le mostrò come aveva costruito le sue marionette, e alcuni erano burattini. Questo è fatto con manici di scopa, e le indicò Giuanìn. Invece il castagno ha i rami di salamelle di tessuto e, nel tronco, un'anima di rotoli di carta igienica.

Luce aveva la fissazione dei materiali di scarto e tutto doveva essere autonomo, anche l'energia elettrica, per questo aveva evitato collegamenti alla rete, spinotti e cavi.

Il sole è pulito e non costa nulla, le disse.

Lei gli chiese quanto pesasse tutto quell'armamentario. Poco più di cento chili, rispose Luce, e la ragazza strabuzzò gli occhi perché le sembrava un peso enorme. Ma la pedalata assistita mi aiuta, intervenne lui, e poi da ragazzino sono stato corridore e ho gambe buone. Comunque non temere, la tua bici sarà molto più leggera della mia, tu non hai da portare teatro, scatole e tendone, e anche le borse dei bagagli le prenderò io. Per la prima volta lei pensò ai bagagli, ma per un'avventura del genere che bagaglio sarebbe mai potuto servire? Il materassino, il telo per la pioggia e qualche cambio, il minimo indispensabile, rispose Luce. Il resto si lava di giorno in giorno e ci si adatta.

Poi andarono al «Velo Museo». Ai ganci erano appese decine di vecchie biciclette, quasi tutte da lavoro, le spiegò. Come quella da macellaio, e intanto gliela mostrava. Le avevano recuperate perlopiù nelle campagne, dove erano rimaste a coprirsi di polvere nelle aie e nei fienili, e alla morte del loro ultimo proprietario nessuno più se n'era curato. Finché veniva il giorno della vendita della cascina, o della pulizia di un solaio, e il ferrovecchio si prendeva in carico quella roba comprandola a peso. Loro conoscevano alcuni di questi personaggi. Poi si trattava solo di sistemarle, funzionavano quasi tutte. Sembravano identiche e non lo erano. Il colore rossastro dei telai coperti di ruggine faceva pensare a un rogo appena spento, un fuoco che avesse consumato antichi colori. Gli anni avevano annerito le cromature, ma quelle forme e il ricordo della loro lucentezza duravano, riposando sotto qualcosa che poteva essere grattato via. Forse, la ruggine aveva addirittura protetto le biciclette. Non è vero che il tempo fa solo danni, le spiegò Luce, mostrandole una vecchia bici da bambino. Era di nuovo rossa e scintillava come un falò.

POSIZIONE DATA NEL FORTISSIMO

Le note sono soltanto i suoni tra le pause. Pause nello spartito e sulla tastiera. Pause tra un viaggio e l'altro. Quando tornavo a casa non mi aspettava nessuno: era una strana libertà. L'amore, pensavo, sporca. Crea legami che bisogna mantenere, è necessario dimostrarsi all'altezza, anche solo per dignità. Siamo più esecutori che autori.

Temevo di essere diventato egocentrico, o peggio, psicotico, ma naturalmente non lo ammettevo. Mai avuta una relazione sentimentale stabile, le donne alla lunga mi annoiano. Davo la colpa al nomadismo. Il ricordo della ragazzina del Conservatorio era diventato un alibi. Se quella volta l'avessi fermata. Se l'avessi rincorsa. Se l'avessi cercata anche nella nuova città. Se le avessi scritto o telefonato. Se avessi voluto rendere reale quel legame, uscendo dalla suggestione. Ma all'inizio ero troppo piccolo per riuscirci, e dopo fu subito tardi.

Avevo avuto, come ogni adolescente, qualche amore passeggero, ma ero pigro e incostante. Non sapevo prendermi cura, forse perché nessuno si era mai davvero preso cura di me. Il pensiero della ragazzina con la sciarpa rossa era rimasto chiuso in un cassetto senza polvere. Forse, sarebbe stato bello conoscerla davvero e qualche volta litigare, e non essere d'accordo con lei, e baciarla, e farsi un poco rincorrere, e ridere insieme di qualche scemenza.

Forse un giorno ci saremmo trovati in una casa molto piccola, appena fuori città, tra la tangenziale e gli orti. Ci saremmo sentiti soli e insieme. La casa avrebbe avuto più stanze del necessario, ma noi non le avremmo abitate: saremmo rimasti sempre in cucina, sul divano e in camera da letto. I primi anni sarebbero scivolati con quella lentezza un po' intorpidita del sonno, quando la notte sta per finire. Avrei voluto tornare a casa presto, la sera, per ritrovare lei. Avrei visto la luce della cucina scendendo dal cavalcavia, poi avrei infilato la strada tra i campi, sicuro che lei mi avesse già sentito arrivare. In quella casa non sarebbero mai entrati dolore, stanchezza e abitudine. E neppure sarebbero entrate le voci che chiamano da fuori. Ci saremmo bastati senza bastarci mai. Avremmo atteso il passaggio delle stagioni. Io sarei andato al mercato con il carrellino della spesa e lo avrei riempito di frutta e verdura, lei si sarebbe messa a leggere un libro con il plaid sulle gambe e la tazza di tè. E le nostre mani non avrebbero mai più suonato niente. Avremmo mangiato, dormito, ci saremmo amati. Il tempo non avrebbe avuto fretta con noi. Avrei alzato la temperatura della caldaia nei giorni più freddi di gennaio, lei avrebbe insegnato la musica ai ragazzini della scuola e la sera ci saremmo raccontati quello che avevamo fatto, ridendo un po'. Avremmo avuto dei bambini e un gatto. O forse no, forse saremmo rimasti soltanto noi due nelle stanze che odoravano di vernice fresca, bianche. La noia non ci avrebbe spaventati, le avremmo fatto posto stringendoci un poco. Lei avrebbe avuto mal di denti e io le avrei preparato un panno caldo. Poi avremmo scelto un film da guardare insieme, lasciando le finestre aperte. Ci saremmo scambiati regali di compleanno e libri. Lei avrebbe messo le coperte colorate sul materasso e fiori secchi sul muro. Io avrei sostituito le lampadine fulminate. Ci saremmo ammalati, e poi saremmo guariti.

PASSAGGI D'ACCORDI

Partirono una mattina di giugno e subito cominciò a piovere. Il temporale non si era annunciato, ma fecero in tempo a ripararsi sotto un cavalcavia. Lei si sentiva goffa, soprattutto nella pedalata. In bici era sempre andata poco, quell'oggetto non le era familiare, l'aveva dimenticato in qualche angolo d'infanzia, ai bordi di un cortile lungo e stretto. Lui invece era agile, svelto, si notava l'abitudine.

Il telo, disse Luce. Era un ordine militare. Guarda quello che faccio io e fallo anche tu.

Lo prese da sotto la bici e lo aprì con un colpo secco. Lei lo imitò, ma si accorse che le scivolava di mano ed era pesante. Riuscirono a fermarsi in tempo per coprire le biciclette.

Il prato, sai, il prato è molto delicato, le spiegò Luce: si riferiva alla carta di panno nella scatola grande, ai piedi del castagno.

In quel viaggio avrebbero dovuto badare prima alle cose, poi a loro stessi.

Il temporale non durò poco, per essere uno scroscio estivo. Era cominciato con una raffica di grandine. Speriamo per le vigne, disse Luce, anche se lì attorno non ce n'erano. Avevano appena lasciato la città e si trovavano ancora in periferia. Probabilmente si riferiva ai vigneti della sua regione, oppure a qualche luogo legato alle sue radici. Ed era proprio così: mentre la pioggia durava, come un sipario semichiuso sullo spettacolo che ormai si intuiva soltanto dietro la cascata opaca, Luce le disse che da piccolo lo portavano in campagna dove vivevano zii vecchissimi, e da dove proveniva la famiglia di suo padre.

C'era una strada che correva tra le colline e poi saliva verso il bricco. Un cane furibondo scattava avanti e indietro sull'aia, costretto alla catena. La catena correva in orizzontale lungo un binario appeso in aria, in modo che l'animale avesse lo spazio per correre e fare la guardia, non per scappare. Questo insanguinava di rabbia le pupille della bestia che era nera e sporca, enorme, o almeno così lui la ricordava. Forse, le disse, quel cane non era poi così tremendo, forse era solo un povero schiavo incapace di rassegnarsi, il tipo di schiavo che soffre di più, e lui lo vedeva infernale solo nel ricordo.

Le disse che un giorno, da bambino, lo avevano portato in cantina, che era una specie di grotta scavata nel tufo, con la volta di mattoni e tante nicchie per le bottiglie. Le botti erano radunate nello spazio più grande, oltre l'ingresso che si raggiungeva scendendo gradini di pietra. Suo padre e lo zio avevano parlato di uve e vini, poi il vecchio aveva sturato una bottiglia nera, coperta di polvere. Aveva preso un bicchiere solo, nel quale aveva versato un poco di vino per poi gettarlo a terra. C'era odore di muffa. Il primo sorso si butta via, gli avevano spiegato i due uomini, perché a volte l'aria lo guasta oppure restano delle cose in superficie che non sono buone. Lo zio aveva assaggiato il vino, in silenzio e con gli occhi chiusi, poi aveva di nuovo riempito il bicchiere e l'aveva passato a suo padre. Era quasi sera, e nella cantina brillava una lampadina appesa al filo. Era un luogo d'ombra, silenzioso. Si sentivano il rumore del vino che cadeva nel vetro e i loro respiri. Lo zio tirò un colpo di tosse. Suo padre bevve piano, anche lui con gli occhi chiusi mentre portava il bicchiere alle labbra: sembrava lo stesse baciando. Finì il vino senza respirare, poi spalancò gli occhi e disse soltanto *bùn*, buono. Lo zio si compiacque ma rimase ancora zitto, riprese il bicchiere e lo riempì una terza volta, poi lo allungò al bambino. Luce non sapeva cosa fare: non aveva mai bevuto vino, nessuno glielo aveva mai chiesto. Guardò interrogativamente il padre che gli faceva sì con la testa. Allora prese il bicchiere, non voleva sembrare un moccioso. Aveva capito che quei due lo stavano portando nel mondo dei grandi. Fece come il padre e lo zio, socchiuse gli occhi e prima di bere annusò. Il liquido scuro e denso aveva un odore forte che s'infilava nel naso e lo faceva bruciare, come quando lui sniffava i detersivi di sua mamma. Prese coraggio e bevve. Il vino scendeva in gola come fiamma, Luce vide l'immagine del saltimbanco che beve benzina e sputa fiamme alla fiera del paese. Si sentì morire ed era sicuro che così sarebbe andata. Morto, o almeno svenuto. Forse avrebbe vomitato, e i due lo avrebbero preso in giro per sempre. Non doveva sputare, questo era chiaro. Sopportò, si controllò, quando riprese fiato gli sfuggì appena un colpo di tosse. Poi fece anche lui di sì con la testa, si schiarì la gola e restituì il bicchiere allo zio. Nessuno disse niente, come se niente fosse accaduto. Lo zio afferrò la bottiglia e ne prese un'altra, chiusa, per il padre, infine risalirono gli scalini.

Il temporale si era trasformato in una pioggia d'autunno fuori stagione, il cielo era chiuso e faceva abbastanza freddo. Da quando si conoscevano, Luce non aveva mai parlato tanto. Era un tipo introverso, preferiva dare voce alle marionette, cambiandone ogni volta il tono. Le aveva spiegato che i copioni sono soltanto un canovaccio, non c'era nulla di scritto e lui non recitava a memoria ma improvvisava.

Niente spartiti, pensò lei.

Le disse che il racconto dipendeva dall'estro, dalla voglia del momento ma soprattutto dalla reazione del pubblico. Quando sentiva che l'ambiente rispondeva bene e c'era l'atmosfera giusta, poteva lasciarsi andare inventando qualcosa in più. Ma quando la platea era fiacca (sparuta, quasi sempre: lo spettacolo poteva accogliere al massimo sette spettatori per volta), Luce tagliava corto pensando che lo aspettava una replica ogni dieci minuti, per una rappresentazione che ne durava al massimo cinque, a meno che lui non volesse prolungarla. Lei non lo sapeva, ma il pianista faceva esattamente la stessa cosa, regolando sulla risposta emotiva del pubblico la durata e l'intensità dell'esibizione.

Impiegarono tre giorni per arrivare in Riviera e raggiungere la piazza del primo spettacolo, sotto i pini del lungomare.

Cercarono alloggio.

Sembriamo Giuseppe e Maria, disse lui.

L'aria era ancora troppo fredda per dormire in spiaggia, così scelsero un campeggio e affittarono due tende canadesi.

Lo spettacolo non fu un successo. Nel piccolo borgo marinaro c'erano soprattutto anziani e qualche bambino, la stagione balneare stentava per il maltempo. Quando venne l'ora della prima recita di *Castagno Taccagno*, nella piazzetta si contavano appena cinque persone: due bambini, due nonni e una donna anziana. I bambini si misero in fila per guardare dentro le fessure, anche se non sarebbe stato il caso: c'erano soltanto loro.

Luce invitò i nonni a unirsi ai nipoti, spiegò come e dove mettersi.

Si fa teatro, chiese l'uomo.

Sì, rispose Luce, ma è di più un circo.

Poi lo spettacolo cominciò.

Lei si fermò dietro il telone, in ascolto. Lo fece per alcune sere e capì che Luce suonava parole. Era un'armonia riconoscibile alla quale si abituò presto: i toni, i semitoni e le sue pause. Le piaceva come il ragazzo sviluppava il racconto lasciando intatta l'attesa. La prima sera le repliche furono solo quattro, invece la seconda, un'ottantina di chilometri più a sud, lungo la costa, le rappresentazioni di *Castagno* e *Giuanìn* erano proseguite per quasi due ore. Soltanto allora lei appoggiò gli occhi alle fessure e vide quello che le sue orecchie le avevano fatto immaginare. Notò la consonanza quasi perfetta tra le parole di Luce e i movimenti delle marionette.

Le parole sono sempre altrove, le parole ci portano via.

Era come vederlo per la prima volta. I gesti gentili del marionettista si trasferivano alle sue creature, che faceva muovere in modo rotondo. La ragazza non trovava un aggettivo migliore per descriverlo. Nessuna nota stonata, nessun urlo, niente di troppo sussurrato da non riuscire a capirsi, semmai bisognava indovinare: questo si può, è consigliato dalle regole della drammaturgia. Luce possedeva il senso del ritmo e della misura, oltre al dono più prezioso: sapeva fermarsi in tempo, non spiegava ogni cosa. Tutto sembrava nascere da sé, come se non ci fosse sempre e in ogni storia l'uomo nascosto che ne tira i fili.

TRILLI DI TERZE

A Kingston suonai nella piazza del mercato vicino alla fontana, sul lungomare e poi al Waterfront, dove ogni tanto viene ricordato Bob Marley. Un musicista non può non vedere almeno una volta nella vita la Giamaica, mi ero sempre detto, anche se non amo il reggae. Della Giamaica mi piace la velocità dei suoi atleti, uomini e donne, tutti corridori. È come se, più che correre, fuggano.

Ogni grammo del mio corpo era intriso di nettare. Così mi sentivo sull'isola. Un piacere fisico, una sonnolenza senza sonno, un intorpidimento che non umiliava i sensi ma li rendeva più duttili: spugne che assorbivano ogni particella di quell'atmosfera. Kingston, sotto la Blue Mountain in una baia quasi chiusa, è un paradiso tropicale dove il freddo non esiste e il caldo non è mai atroce. Dalle montagne la terra sta in bilico sugli uomini, tanto da perdere l'equilibrio scatenando feroci tragedie.

Il viaggio era stato lungo e complicato, soprattutto per via del pianoforte. I soldi del maestro per fortuna non erano ancora finiti. Ogni volta, alla frontiera, dovevo mostrare come quello non fosse un vero strumento, ma un grande mobile che suonava, sì, e non conteneva nulla.

Presi la nave, poi una serie di traghetti, fino allo sbarco.

Mi sentii subito a casa. Tepore e silenzio.

Nessun folklore esotico. Niente balli e canti per le strade, dove c'era sempre profumo di fiori. Un luogo dal fascino strano. Le case colorate della baia sembravano giocattoli dentro una favola che potrebbe, invece, essere un incubo.

Kingston era una bellissima città di morte. Era stata fondata dopo il terremoto che nel 1692 aveva distrutto Port Royal, quando la terra esplose e le onde dello tsunami conclusero il lavoro. Duemila vittime, e altrettante ne morirono di malaria, dato che Kingston era stata fondata sulle acque marce di quella palude. Uragani e incendi si sono accaniti con brutale regolarità – 1703, 1712 e 1722 – poi una breve tregua di nemmeno sessant'anni ed ecco di nuovo la danza della faglia e delle fiamme: 1780, 1843, 1862 e 1882. Il colpo più tremendo arrivò nel 1907: il terremoto esplose, distruggendo quasi completamente la città. I giornali pubblicarono fotografie e disegni. Le macerie dei palazzi crollati, i morti in strada avvolti nelle lenzuola, stesi sul selciato in file ordinate.

Sono stanco, pensai, andando a cercare un posto per dormire. Trovai una pensione tutta bianca come i capelli della donna che mi mostrò la camera. Mi indicò il pianoforte, come a chiedere e di questo che ne facciamo.

Mi picchiai il petto con la mano, ci penso io, non c'è problema. E chiusi lo strumento nel rimorchio.

Rientrando le chiesi: non hai paura del terremoto?

Lei rispose guardandomi con dolcezza: temo solo quello che non conosco, e io la conosco la danza pazza della terra, l'ho vista con questi occhi. Sarà stata una ventina d'anni fa e non ne sono ancora uscita. Non se ne esce mai davvero, le onde le senti dentro, le ascolti ancora prima che arrivino e ti scuotono come a chiamarti per i tuoi peccati, per quelli di tuo padre e di tuo nonno.

Quali peccati, le chiesi.

Scegli tu, ne abbiamo commessi tutti.

Provai a immaginare quei crolli, l'improvviso spalancarsi delle voragini, le onde che scuotono il cuore della terra e si abbattono dall'oceano. Vidi tutto questo mentre mi sedevo al pianoforte, sullo sgabello nero, la sera in cui suonai in Giamaica per la prima volta e nessun luogo mi sembrava meno minaccioso di quello, meno sereno. Vennero ad ascoltarmi in molti, la piazza di Parade quasi si fermò per me: l'avevo scelta per i suoi colori, e perché era sempre piena di persone. Mi piaceva la facciata di stucchi bianchi e azzurri del Ward Theatre, con quella bolgia di autobus tutta intorno e i carrettini della frutta e verdura. Al centro della piazza vedevo l'Heroes Park, dove le statue degli eroi giamaicani servono da rifugio notturno ai poveri, mentre sui quattro lati si aprono i mercati. Mi aveva divertito visitare quello dell'abbigliamento, pieno degli incredibili abiti indossati dalle *dancehall queens*, le donne pantera che animano le notti di danza bardate di veli, parrucche fosforescenti, lacci e tacchi altissimi.

Però il repertorio che scelsi quella sera non aveva nulla a che vedere con le abitudini del luogo, e forse proprio per questo la gente si incuriosiva. Suonai *The Crave* senza timore e bisogno di rompere il ghiaccio, perché quel ghiaccio semplicemente non esisteva. Non vi fu attesa reciproca. Era come se le persone fossero abituate ad ascoltarmi da molto tempo. Mi sentii un vecchio amico che ritorna.

Non avevo previsto quell'ingombro di memoria doloroso e lontano, nessuno ne parlava, nessuno più soffriva per le offese dei terremoti e degli incendi. Suonavo il fuoco che si mangia i muri delle case, i tetti che cadono, piangevo alla gente schiacciata, agli ululati dei cani e alle urla dei bambini. In quel luogo tiepido e gioioso, tra i colori e i profumi di una perenne primavera, i morti remoti chiedevano di non essere dimenticati.

Qualcuno camminava sull'orlo dell'abisso, improvvisando passi di danza senza curarsi del domani. Mi dicevo che ogni cosa può svanire in un attimo, e che ognuno cova dentro il proprio terremoto. I giamaicani lo sanno e il loro sentimento del tempo è più intenso.

La sera passò come il vento che si era alzato dalla baia e faceva oscillare lentamente i panni stesi. L'acqua della fontana ricadeva un poco obliqua, le note muovevano anche lei. L'ombra della montagna era una massa scura indefinita e senza contorni. Niente era netto. Ogni cosa ne attendeva un'altra.

Alcuni bambini danzavano, loro sì fuori dal tempo. Li illuminavano le fiaccole conficcate nel terreno, in cima a lunghe canne. Le ombre lunghe guizzavano come altre fiamme scure. Tutto era autonomo e predestinato e libero e prigioniero: ogni cosa annodata e sciolta.

Due ragazzi uscirono dal gruppo degli spettatori e si avvicinarono al pianoforte, anche i loro passi sembravano un balletto lungamente provato, una coreografia. Si fermarono a qualche passo da me. Non dimostravano più di vent'anni ed erano bellissimi, la pelle lucida e scura, gli occhi accesi dai bagliori delle torce. Chissà se i loro avi erano morti nel fuoco o dentro il tumulto delle acque. Chissà in quale terremoto tra i tanti, in quale uragano. Le sventure dei Caraibi sono colpi pesanti e improvvisi. Suonai pensando ai fili che ci legano nel tempo, agli eserciti di sconosciuti che ci hanno generato, un pezzo per uno, poco per volta. I trisnonni che quei ragazzi non avrebbero mai neppure immaginato, i visi forse molto somiglianti ai loro, l'indole calma o impulsiva, la generosità e la grettezza, la traccia che il sangue scorrendo lascia in ognuno, senza possibilità di scelta.

I due ragazzi si strinsero d'improvviso in un bacio lunghissimo, interminabile. Non si staccavano più. Sembravano statue, un gruppo marmoreo con muscoli e tendini in rilievo. Le forme aggraziate di lei, i bicipiti pronunciati di lui. Un bacio che non finiva, senza respiro. Inappagabile. Smisi quasi di suonare per osservarli meglio, ma poi andai avanti, temendo che tutto potesse svanire insieme alla musica. Continuava, invece, la notte che consuma il fuoco delle lucerne. Venisse pure un altro terremoto, venisse adesso. Generasse la terra il suo frutto malato, gravida ogni zolla del dolore nascosto, in agguato. Venisse il male. Provasse lui a tagliare il nodo di quel bacio con un colpo di spada.

MOVIMENTO PARALLELO DELLE MANI

Erano in viaggio da quasi due mesi. L'estate s'era spalancata di colpo come un portone. Ormai si intendevano bene, lei lo aiutava, lui le insegnava tante cose.

La stagione era torrida e la sera in piazza erano tutti fiaccati, tranne i bambini. A lei piaceva quando portavano biglietti o disegni, li preparavano la sera, e il mattino dopo a volte li trovavano in piazza dove tornavano sempre, prima di ripartire, per un caffè e un ultimo sguardo. Luce aveva ragione: perché l'incanto non svanisca, tutto deve durare un giorno solo.

Presero il traghetto per la Sicilia in un pomeriggio di nuvole scure. Alla fine arriveremo a Scicli, le disse Luce. E le parlò dei palazzi rosa, degli oleandri fioriti nella strada più bella che avesse mai visto. Le raccontò il chiarore che di sera illumina le chiese, prima il sole al tramonto, poi i lampioni e la notte.

Ti porterò a mangiare una granita formidabile, le disse. Si sarebbero seduti ai piccoli tavolini sotto le palme e ne avrebbero ordinata una alla mandorla e un'altra ai gelsi. L'uomo che le preparava aveva una grossa pancia e ogni tanto usciva dal suo bugigattolo per fumarsi una sigaretta.

Il giorno dopo avrebbero pedalato lungo le trazzere sfiorando il mare, e avrebbero raggiunto Sampieri, il borgo dei pescatori e della vecchia fornace. I pescatori non c'erano quasi più, ma era lì che finiva il mondo. Sarebbero arrivati al molo e non avrebbero detto niente. Avrebbero solo guardato le onde e il colore delle case.

Lei provò a immaginarlo.

Rimasero sul ponte del traghetto, nel vento. Le piacevano gli spruzzi in faccia e il viola che aveva preso il mare.

La mamma non era mai stata in Sicilia e neanche il mio papà, disse a Luce. Veramente, non sono quasi mai stati da nessuna parte. Vivevano in una piccola casa isolata su una collina e non vedevano mai nessuno.

Allora lui le disse che gli mancava sua nonna, e quel modo che aveva di far brillare gli occhi celesti e ridere. Le mancavano i suoi vestiti sgargianti e la catenina d'oro che portava sempre al collo, con appesi i pupazzetti di tre bambini, due femmine e un maschio. I suoi nipoti.

Oltre ai ricordi mi è rimasto il suo pettine arancione, le disse. La nonna era una maniaca della pettinatura e non c'era verso che non avesse i capelli sempre in ordine.

Anche la mia mamma era così, gli rispose lei. Poi rimase in silenzio, inseguendo pensieri lontanissimi.

Il mare si era ingrossato, il traghetto dondolava e a lei venne un po' di nausea che la scosse e la riportò indietro.

Che tipo era tua nonna?, chiese a Luce.

E lui le raccontò di quando era bambina e aveva rubato la legna per la stufa insieme alla sorella. Per la nonna era stato poco più che un gioco, una marachella di ragazzine e non una follia nelle strade della città in guerra, invase dai tedeschi. Uscirono nel mattino, la sorella maggiore portava il cesto per la legna e la nonna di Luce un'accetta. Superarono la piazza piena di soldati, uno di questi urlava ordini guardando in aria, forse era il comandante. Da un balcone qualcuno stava calando un infermo, seduto e avvolto nelle coperte e con un berretto bianco in testa. Tutta la gente di sotto vociava, ognuno dava un consiglio o gridava un avvertimento. Ora cade, ora cade pensava la nonna di Luce mentre guardava ondeggiare l'uomo legato alla sedia. Non ne avrebbe mai dimenticato l'espressione, che era di trionfo e dominio. Da quell'altezza svettava sugli altri, fiero come un re su un trono. Dalle finestre e dalla strada, la gente assisteva al prodigio a bocca aperta e anche quella del malato lo era, mezza spalancata e piegata in una specie di riso, una smorfia di sarcasmo o solamente il segno che lascia il male sul viso di un uomo. Il tedesco gridava ma nessuno stava ad ascoltarlo, l'operazione di soccorso non c'entrava nulla con gli eserciti, le truppe, l'occupazione. Poi il malato finalmente arrivò a terra e cominciò a piangere senza singhiozzi, le lacrime inzuppavano la coperta e lui si tolse il cappello con la mano sana e lo passò sugli occhi, come un fazzoletto. Alle bambine sembrò che l'uomo fosse rimpicciolito all'improvviso.

Raggiunsero il viale che la loro madre aveva stabilito, là c'è sempre poca gente, voi non tagliate i rami degli alberi, mi raccomando, altrimenti passate per ladre, dovete solo raccogliere la legna che è già in terra.

E allora perché portiamo l'accetta, aveva chiesto la sorella più grande che non stava mai zitta.

Per tagliare la legna in pezzi piccoli, altrimenti non entra nella cesta, aveva risposto la madre. Ma per terra c'erano appena pochi rametti, di sicuro le bambine non erano state le prime a passare di lì quel giorno: da raccogliere era rimasta una miseria.

Non possiamo tornare a casa con così poca roba, aveva detto la sorella più grande, poi cosa bruciamo nella stufa?

Le bambine si erano scambiate uno sguardo parlante. Si erano voltate, e siccome non c'era anima viva avevano cominciato a tagliare dall'albero qualche ramo più basso e piccolo.

Scommettiamo che non ci scopre nessuno?, aveva detto la sorella che già a quel tempo aveva la mania dei giochi e dell'azzardo.

Fu proprio lei ad alzare gli occhi per prima: gridò ma piano, una specie di urlo soffocato. Poi anche la nonna li vide. Erano corpi appesi ai rami, impiccati. Così facevano a quel tempo i tedeschi, appendevano i partigiani giustiziati perché i cittadini capissero da che parte stare. Effettivamente non le vide nessuno, solo gli occhi vuoti di quei morti che dondolavano nel vento come panni stesi, avanti e indietro come il malato dal balcone.

Tornarono a casa facendo un giro lungo, avevano una vaga paura dei tedeschi e non sapevano il rischio enorme che stavano correndo, perché quelli erano capaci di ammazzare. La legna apparteneva alla città e la città era dei soldati, dunque loro avevano rubato quei rami direttamente al Führer.

Salirono le scale di corsa, bevendosi i gradini due alla volta, la sorella trascinando la cesta pesante, lei con l'accetta che stringeva come fa l'assassino dopo il delitto. Alla mamma non raccontarono niente dei partigiani impiccati. La donna prese un po' di quella legna, comunque poca (aveva gettato uno sguardo e aveva fatto una smorfia come per dire, tutto qui?) e la infilò nella stufa, aprendo lo sportello con un ferro ricurvo per non bruciarsi le dita. Per cena, quella volta, avevano diviso un uovo sodo in quattro:

lei, la madre, la sorella e il fratellino più piccolo che giocava benissimo a pallone. La madre, veramente, quell'uovo non l'aveva neanche toccato: quando era ora di mangiare, guarda caso diceva sempre di non avere appetito, anche oggi questo mal di stomaco, finirà che presto andrò in paradiso e voi dovrete prepararvi tutto da soli.

Quando Luce fu abbastanza grande per capire, la nonna gli spiegò che i morti appesi non le avevano fatto paura perché ormai erano cose, si vedeva che lì dentro non c'era più niente. Erano come gli altri rami, pezzi di qualcosa ma non creature umane. La nonna ogni tanto usava la parola creatura e a lui sembrava bellissima, dava il senso di un progetto più grande, di qualcuno o qualcosa che si era preso la briga di organizzare l'universo pensando, appunto, alle creature una per una. I partigiani sugli alberi, aveva detto nonna, le avevano ricordato Pinocchio impiccato dal gatto e la volpe nel disegno del libro di scuola. Però Pinocchio, alla fine, non moriva perché era solo un burattino. Anche i partigiani sembravano fatti di legno, eppure il legno non era bastato a salvarli.

Nessuno salva nessuno, disse Luce. Poi rimase zitto a guardare il mare che andava avanti e indietro come un respiro.

EGUAGLIANZA NELLE VOLATE DOPPIE

La casa era immersa in un aroma di salvia e rosmarino. A pranzo mi sarei preparato un piatto di pasta con l'olio piccante. Volevo gustare subito i frutti del mese trascorso lontano, quando la casa era rimasta deserta e immobile mentre le bottiglie covavano la loro metamorfosi.

Trascorsi la mattina riordinando i libri, togliendo un po' di polvere dagli scaffali e riparando il coperchio del pianoforte che aveva preso un colpo e adesso chiudeva male. Regolai le cerniere e lo lucidai con la cera, pensando che nessun artista di strada trasporta un simile ingombro. Negli anni ne avevo conosciuti tanti, senza stringere amicizia con nessuno. Tutti transitavano dentro giorni girovaghi e nelle vite altrui, senza radici, con l'illusione di non avere legami, ma con la malinconia, il senso di vuoto e la solitudine ad aggredirci senza sosta. Nessuno lo ammetterebbe, però la strada è solo scenografia, un pretesto. Nessuno è così forte e libero da non avere bisogno di nessuno.

Mi ricordai dei due saltimbanchi al semaforo in una graziosa cittadina francese sul lago: con le acque e le montagne sullo sfondo, erano perfetti. I loro movimenti ritmici si accordavano con l'andirivieni dei cigni, la gente versava monete nel bicchiere prima che scattasse il verde. Tutta una questione di ritmo. Allora ripensai a un'altra coppia, un ragazzo e una ragazza che si esibivano sempre ai semafori, ma qui, vicino casa. Loro erano maldestri, invece, facevano tenerezza, si capiva che avevano iniziato da poco. Lei usava un cerchio azzurro, lui le classiche tre palle da giocoliere. Nei trenta secondi in cui il semaforo restava rosso si mettevano di fronte alle auto in attesa e cominciavano a muoversi a tempo di musica. La ragazza lanciava in alto il cerchio, lo riprendeva, spesso le cadeva e così lo raccoglieva con un imbarazzato sorriso. Poi lo faceva scorrere sopra le braccia aperte, lo teneva in equilibrio o provava a tenerlo, dietro il collo, infine lo appoggiava sulla punta del piede. Siccome era in difficoltà, accadeva che reggesse il cerchio in mano, e impugnandolo lo muovesse avanti e indietro, qualcosa che sarebbero stati capaci di fare tutti, improvvisando qualche passo di danza. La ragazza non era particolarmente carina e metteva un po' di tristezza. Invece il ragazzo eseguiva un solo esercizio, roteando le tre palle, però lo faceva lentamente, tirando in alto le sfere e prendendosi tempo. Ogni tanto gliene sfuggiva una e ricominciava da capo, ma il più delle volte riusciva ad andare avanti così, finché la musica non finiva oppure il semaforo ridiventava verde. La sua compagna era più accorta, forse perché meno coinvolta e concentrata: aveva studiato bene i semafori e verso la fine del rosso, con l'unico vero tempismo di tutto l'esercizio, scattava con il bicchiere per le offerte facendo uno slalom tra le automobili. Di solito, il bicchiere restava vuoto. Se si fosse dovuto premiare lo spettacolo, nessuno avrebbe offerto niente. Qualcuno metteva una moneta per simpatia o incoraggiamento, e i due ragazzi ringraziavano con un timido inchino. Poi aspettavano che tornasse il rosso, bevendo un sorso di Coca-Cola o dicendosi qualcosa nel frastuono del traffico.

C'era anche un chitarrista che suonava sempre nella stessa strada e sempre la sera tardi. Non lo spaventava il freddo, anzi sembrava che lui lo preferisse. Aveva un repertorio interessante e suonava senza curarsi di chi lo ascoltasse. Non metteva a terra il berretto o il piatto per le offerte: chi voleva lasciare una moneta, la appoggiava sul selciato. Era sempre vestito di scuro e non sorrideva mai. Si sarebbe detto che la gente lo infastidisse.

Il vecchio con la fisarmonica che avevo incontrato nella città alta era l'esatto opposto del chitarrista scontroso, perché viceversa sorrideva a tutti e parlava mentre suonava. Forse chiedeva denaro (in realtà non lo sapevo, perché non capivo la sua lingua), o forse era il soliloquio di una persona un po' disturbata. Ripeteva a oltranza gli stessi due brani. Un'ossessione.

Molti artisti di strada hanno un repertorio scarno, note imparate una volta per tutte e ripetute in giro per il mondo. Il violinista che incontrai su un treno per la Slovenia lo aveva ridotto a una sola ciarda, che le corde e l'archetto strillavano tra gli scompartimenti. I viaggiatori lo guardavano come se stesse sgozzando un agnello. Lo stesso accadeva con il suonatore di tromba che batteva i mercati della mia città. Non era musica ma stridore, eppure anche il metallo di quelle note possedeva una certa grazia.

Poi c'era il volteggiatore del fuoco, un equilibrista delle torce che si esibiva la sera in piazza a petto nudo. Era quasi la parodia di un vero mangiatore di fuoco. Avvicinava le fiamme al petto, le muoveva attorno al corpo, cominciava ad ingoiarle e infine le lanciava in aria, ritmicamente, come il ragazzo con le tre sfere al semaforo. A differenza di quest'ultimo, però, non le lasciava cadere e sapeva riprenderle sempre al momento giusto. Nella puntualità del movimento, l'uomo del fuoco riscattava la pantomima che l'aveva preceduto. Però il più triste di tutti era il cantante senza musica. Avrà avuto una settantina d'anni. Stava in piedi, con in mano il testo dell'aria d'opera che avrebbe cantato, fogli bianchi stropicciati, stonandola dall'inizio alla fine. Il suo «Vinceròoo!» era un grottesco urlo nel vuoto, uno strazio di solitudine.

Nella piazza di fronte al Parlamento, una sera vidi un marionettista meticoloso. Aveva sistemato a terra le proprie cose, una scenografia di legno veramente graziosa: un albero, qualche casa, una fila di panni stesi, una specie di macchina volante e poi il protagonista, una marionetta dal viso gentile. Aspettai che lo spettacolo iniziasse. Il pubblico era scarso e distratto, ma il marionettista non si scoraggiò: fece partire la musica e cominciò a raccontare come un antico cantastorie una trama quasi senza parole, ma poetica. Mi colpirono i movimenti accurati: tirava i fili, e la marionetta accennava appena i gesti come quando ci si trattiene dallo sfogare un desiderio. Era una danza. Se la marionetta dal viso gentile muoveva il collo, e reclinava il capo dando l'impressione di essere davvero triste, anche il volto del marionettista era triste. La gente cominciò a fermarsi, era sabato e quell'isola di luce sotto il lampione, vicino all'antico palazzo, riscaldava lo sguardo. La marionetta accennò un ballo, cercò di afferrare una mela rossa sul ramo più alto dell'albero ma senza riuscirvi, poi montò sul trabiccolo alato e cominciò a volare, mentre la musica diventava romantica. Il marionettista prese un bastone al quale erano legate delle farfalle bianche e lo agitò davanti al viso degli spettatori. Tutti vennero colti dalla sorpresa.

Sembravano vere.

Volarono appena qualche attimo, ma fu bellissimo.

Poi la storia finì e la gente scomparve, così il marionettista restò solo. Rimettendo in ordine tutti i pezzi dello spettacolo, nascose le farfalle come un segreto.

Alza gli occhi dai tasti e Parigi non c'è.

Ci sono i flash.

Le telecamere.

La polizia.

I cordoni.

Il Bataclan.

Soltanto strade vuote. E quel silenzio.

Si chiede cosa stia facendo e per chi.

Un uomo anziano lo ascolta tenendo le mani in tasca, senza guardarlo.

Lì non c'è più niente, non c'è nessuno. Tutto è accaduto, tutto ancora può accadere. Nel mezzo, niente.

Le finestre sono immobili e senza vita, nessuno scosta le tende. I semafori passano dal rosso al verde e ancora al rosso senza che nessuno aspetti. I negozi sono chiusi, la banca è chiusa, il teatro è chiuso, i caffè sono chiusi. Tra un momento, anche la tastiera del suo pianoforte si chiuderà.

Lui continua a suonare e si sente insieme in anticipo e in ritardo su tutto.

IL POLLICE SUI TASTI NERI CON MANO ASSOLUTAMENTE TRANQUILLA

Tornarono all'inizio dell'autunno e l'anno dopo andarono in Francia, sempre seguendo la costa. Appena oltre Nizza dormirono vicino a un circo vero. I proprietari, degli italiani, gli dissero di fermarsi nel piazzale dove erano anche i loro camper.

Sarà come restare per una notte in città, guarda quanti sono, disse Luce.

Non fu una notte tranquilla. Lui dormì pochissimo e rimase quasi tutto il tempo a passeggiare, lei dalla sua tenda sentiva i versi degli animali in gabbia. Le pareva che quelle bestie chiedessero aiuto, o peggio: forse erano i versi di chi ha capito e non attende più nulla. Una specie di nota bassa e continua che la raggelava. La mattina salutarono gli uomini e le donne del circo e partirono presto.

A Port Leucàt si ruppe una forcella della bicicletta. Non fu facile ripararla, era domenica e nelle strade non c'era nessuno. Luce smontò la forcella e le disse di aspettarlo con le bici in pineta: si sarebbe arrangiato.

Girò il porto con il pezzo rotto in mano, poi entrò nel cantiere navale. Anche lì c'erano poche persone, ma una di queste guardò il ferro spezzato, disse qualcosa che Luce non comprese, prese il pezzo ed entrò in una specie di capannone a forma di nave. Ne uscì dopo una mezz'ora con la forcella saldata. Miracoli della strada. Due anni prima, sempre di domenica, Luce era riuscito a farsi riparare una camera d'aria nel centro di Roma. A volte era come se la gente intuisse i problemi di quello strano ragazzo sulla sua buffa bicicletta, e li risolvesse ancora prima che lui li spiegasse. Per mangiare era lo stesso. C'erano persone che portavano il cibo, altre che allungavano una piccola somma di denaro, altre ancora offrivano un letto e consegnavano addirittura le chiavi di casa; si trattava quasi sempre di appartamenti di vacanza, sfitti, e una notte regalata a quei curiosi inquilini non avrebbe mandato all'aria il bilancio di nessuno.

Certo, non andava sempre così. C'erano molti panini comprati e mangiati al volo, e notti sul materassino, ma nel complesso non ci si poteva lamentare. La vita di strada offriva un inatteso sguardo sulla generosità delle persone.

In una città con un albergo bianco sul mare e pieno di finestre, lei volle fare un giro su una vecchia giostra con i cavalli. Rideva molto, quella sera aveva anche un po' bevuto. I bambini la guardavano, e si domandavano cosa ci facesse una persona grande sopra un cavallo che andava su e giù. Luce era rimasto sulla panchina di fronte alla giostra, per fare la guardia alle biciclette. Lei lo chiamò, con la mano gli chiese di raggiungerla, lui era perplesso e aveva paura dei ladri. Poi però si mosse, con un occhio alle biciclette e un altro a lei. Saltò sulla giostra e l'uomo dei biglietti lo guardò malissimo, mentre lei continuava a ridere.

Rimasero così, girando in tondo, vicini. A lei parve che Luce la osservasse in modo diverso. Succedeva da qualche giorno.

Il marionettista si accorse che alcuni ragazzi si erano avvicinati alle biciclette e le stavano toccando. Allora saltò giù dal cavallo e quelli scapparono di corsa, uno di loro stringeva in mano qualcosa, Luce lo rincorse e lo raggiunse: il ragazzo gli aveva rubato il pupazzo con i riccioli: lo lasciò cadere a terra e scappò via. Luce lo raccolse e vide che aveva un braccio spezzato, un danno minimo per un falegname abile come lui. Lo avrebbe riparato prima di sera e del nuovo spettacolo. Però non gli piacque quella sensazione di minaccia. La strada è fatta anche di agguati e gente cattiva.

Cos'è successo, gli chiese lei quando fu scesa dalla giostra, dopo aver pagato anche il suo biglietto.

Niente, volevano solo rubare, rispose Luce.

La mattina, dopo lo spettacolo su un lungomare che sembrava costruito con la creta da mani umane, si concessero qualche ora di mare. Portarono le bici sulla sabbia, stesero i teli che usavano quando pioveva e rimasero a sentire il calore che saliva dai granelli bianchissimi. Lei non ne aveva mai visti così, erano come zucchero. Si sistemarono sotto una tenda chiara che rifletteva la luminosità del giorno.

Il mare è come quello dei pittori, disse la ragazza.

Luce si inteneriva quando la sentiva così entusiasta e ingenua: una bambina in gita scolastica. La ragazza spostò i capelli dal viso, e lui la vide molto bella.

Presero una bottiglia di vino fresco, una focaccia al formaggio e dolci alla marmellata. Mangiarono in silenzio, seduti sulla sabbia, gli occhi chiusi.

Lei si addormentò, lui rimase a guardarla.

MANO TRANQUILLA CON GRANDE ARTICOLAZIONE DELLE DITA

Incontrarono un gruppo di musicisti di strada, un curioso quartetto d'archi che si esibiva in un repertorio classico. Tenevano i loro cd dentro le custodie aperte degli strumenti, appoggiate a terra per raccogliere le offerte. La gente li acquistava, oppure gettava qualche moneta. Di questo si campa, quando va bene si pagano le spese, però alla fine in tasca non rimane quasi nulla, le aveva detto Luce nei primi giorni del viaggio. Lei sapeva che non era quello il motivo del suo girovagare.

La sera, mentre Luce muoveva le marionette, lei rimase ad ascoltare il quartetto che suonava nella piazza accanto. Erano un gruppo omogeneo ma senza passione. Eseguivano, non interpretavano. Le faceva effetto accorgersi che persino Mozart, così, sembrava un sottofondo. Il pubblico era distratto, senza quella concentrazione che richiede un'armonia perfetta. La gente arrivava, restava un poco ad ascoltare e passava oltre, molti già prima che il brano finisse, in modo da non dover lasciare i soldi a terra o anche solo per evitare l'imbarazzo di un rifiuto.

Guardò le mani dei musicisti. Poi guardò le sue, con le unghie lunghe, ma buone soltanto per sfogliare il libro di musica. La chiamavano professoressa e lei ancora non si era abituata. All'inizio, quando sentiva quella parola si voltava per guardare se ci fosse qualcun altro, poi capiva che i ragazzini stavano parlando proprio con lei. Seduta sul muretto, continuava ad ascoltare: quei suoni la portavano altrove. Pensò che un pianista non può essere un artista di strada. Non sapeva di sbagliarsi.

Si chiedeva come sarebbe stato, adesso, tornare a casa e riprendere a insegnare. Se la pulce ammaestrata esce dalla scatola, lì resta. Ma pensò anche che il mondo è troppo grande per una pulce.

Chiese in un chiosco un bicchiere di sidro e una *crêpe* allo zucchero. Quante volte, da ragazzina, aveva mangiato così, dopo le lezioni al Conservatorio. Papà le prendeva un trancio di pizza rossa e l'aranciata. C'erano giorni in cui le sembrava che tutto il senso di quel sacrificio consistesse proprio nella pizza, il premio per tanta fatica. Era golosa. Invece Luce era più sobrio, poteva restare anche un giorno intero senza mettere niente nello stomaco, e prima dello spettacolo preferiva tenersi leggero. Mangiava sempre dopo, e qualche volta lei non lo aspettava. Il cibo di strada incuriosiva entrambi, era una scoperta continua anche se non bisognava avere troppe aspettative: prendere quello che viene e accontentarsi. Era un motto di Luce, ma la ragazza pensò che anche lei lo aveva fatto per tanto tempo e ancora lo faceva, non solo a tavola.

In fondo, non aveva scelto mai. Aveva solo aspettato. L'unica decisione importante della sua vita era stata non fare qualcosa: l'esame, e poi scappare dal Conservatorio. Ora che ci rifletteva, però, non era del tutto vero. Aveva anche deciso di seguire quello strambo ragazzo arrampicato in cima a una bicicletta, con due borse piene di marionette.

Forse alla fine anch'io sono capace di scegliere, si diceva. Ma non era convinta. Immaginò le mani dei suoi allievi mentre, impacciate, stringevano i flauti, vedeva se stessa che correggeva le posizioni e quelli niente, reggevano lo strumento come un misero pezzo di legno, le dita chiudevano i buchi come i tappi di un lavandino e i flauti fischiavano e stridevano. Un suono tremendo, insopportabile. E allora lei continuava a spiegare senza perdere la pazienza, cercando di raggiungere l'armonia con gli esercizi preparatori. Lo aveva fatto per tanto tempo, era brava in questo. Anche se poi l'armonia si era perduta.

Tornò da Luce, che ormai aveva finito e stava mettendo i suoi pupazzi nelle borse. Le sembrò stanco. Poi si sedette su una panchina e cominciò a sbocconcellare il pane.

Ne vuoi un po', le chiese.

Lei gli disse che aveva già mangiato.

Il ragazzo era silenzioso, pensava a qualcosa di segreto. C'erano questi momenti di lontananza che lei aveva imparato a riconoscere. A volte li riempiva con le sue frasi e Luce pareva contento, alleggerito dal peso del raccontare. Dopo gli spettacoli succedeva spesso: era come se il marionettista avesse esaurito le parole, forse perché le aveva dedicate tutte ai suoi personaggi.

Quella sera, forse spinta dal ricordo della cameretta e dei giochi, lei gli disse della sua famiglia. Gli spiegò di come i capelli di sua madre odorassero di lacca: un elmo che prendeva forma dopo ore e ore sotto il casco grazie a una complessa architettura di bigodini e becchi d'oca. Quando la accompagnava a fare la messa in piega, lei sfogliava un giornalino e aspettava che il rito si compisse. Poi, a casa, dopo pranzo si stendevano insieme sul divano, la mamma dormiva e lei continuava a leggere «Topolino», ma senza muoversi per non svegliarla.

La sua mamma l'aveva avuta a quasi quarant'anni. Giocavano molto, e lei aveva deciso che da grande sarebbe diventata cosmonauta come la russa Valentina Tereskova, prima donna nello spazio, scommetto che non l'hai mai sentita nominare, disse a Luce. Dopo l'atterraggio, la Tereskova non smetteva più di sorridere, forse quella smorfia gliel'avevano disegnata in faccia. Nelle fotografie senza casco, Valentina era impeccabile. Sembra appena uscita dalla parrucchiera, aveva commentato sua madre. Spiegò a Luce che lei da piccola si era costruita un elmo di cartone e la mamma faceva la voce del centro spaziale, mentre lei si preparava al lancio.

La mamma era estroversa, sanguigna. Era stata parrucchiera, ma poi aveva smesso quando era nata la figlia perché era diventata allergica agli acidi. Da ragazza aveva imparato il mestiere dalla sorella. Lavoravano in casa, dove avevano il loro laboratorio e andavano anche dalle clienti a domicilio. La sorella era entrata nel giro dei teatri, e allora la portava a pettinare attrici e cantanti liriche prima delle rappresentazioni. Avevano conosciuto così dei bei nomi dello spettacolo, che di fronte a loro raccontavano faccende intime come se le due ragazze fossero invisibili. Non erano mica confidenze, le aveva spiegato sua madre: è che noi due, per loro, eravamo invisibili davvero, strumenti da acconciatura, persone da non tenere in alcun conto. Eravamo come i muri, e come i muri ascoltavamo le parole delle attrici. Qualcuna neanche la capivamo. Altre, invece, avevamo deciso che era meglio non capirle.

La mamma aveva conosciuto papà quando avevano più di trent'anni. Un po' tardi, a quell'epoca, per sposarsi. Lui era cresciuto senza genitori, in orfanotrofio, e non amava parlarne. Molte volte, da piccola ma soprattutto dopo, aveva tentato di fargli raccontare qualcosa di quegli anni dolorosi, pensava che così lui si sarebbe un poco liberato dal peso, ma alla fine aveva capito che il peso più grande sarebbe stato proprio ricordare e rivivere: come dover soffrire di nuovo. Anche la sua mamma era cautissima su questo argomento, e non faceva mai domande al marito. Sapeva che il bambino ferito, il bambino non amato era ancora davanti a lei e si vergognava di chiedere aiuto. Quel bambino avrebbe solo voluto scappare, come in effetti era accaduto molte volte in collegio, tornando però sempre indietro perché mangiare si doveva, e in fondo anche fuori di lì non c'era molto da divertirsi.

Quand'erano ragazze e non ancora fidanzate, la mamma aveva un'amica del cuore e insieme andavano ai concerti di musica classica. Forse la mania del pianoforte le venne allora e me la trasmise, disse a Luce. La mamma e l'amica andavano all'auditorium non perché appassionate di Brahms o Chopin, ma perché avevano deciso che in quell'ambiente colto e sofisticato si poteva trovare marito. Non accadde, ma in compenso si erano divertite un sacco e avevano assistito a esibizioni memorabili di cui, allora, non capivano quasi nulla. I nomi invece sì, quelli la mamma non li aveva più dimenticati. Aveva visto dirigere Von Karajan, aveva ascoltato suonare Benedetti Michelangeli, un pianista grandissimo che si muoveva come un dio ed era sempre serio, forse arrabbiato oppure preso dalla sua musica difficilissima.

Andavano anche all'opera, la mamma e l'amica, ed entravano gratis perché facevano parte della *claque*: applaudivano a comando. L'opera era più divertente dei concerti perché c'erano le storie, e le trame erano quasi sempre d'amore. Alla fine, la mamma si era appassionata e sapeva a memoria un gran numero di arie famose, parole e musica. Anche da anziana, le bastava ascoltare l'inizio di quelle arie per continuare da sola a cantarle. Era intonata e aveva occhi chiari e lucenti. La chiamava gioia e tesoro, e aspettava solo la sua telefonata sempre alla stessa ora, immancabilmente. Lei era sovente sbrigativa, sapeva che la mamma si sarebbe preoccupata se lei avesse tardato a chiamarla e si limitava a poche frasi, sempre le stesse, e ai saluti. La mamma le diceva tesoro, oggi avevo così tante cose da raccontarti che mi sono dimenticata, forse dovevo scriverle su un foglio. Oppure le chiedeva scusa se aveva parlato troppo, sai gioia, si fa per ridere un po', qui stiamo sempre da soli. Una volta le aveva detto: quando ti sento, per poco che duri è il momento più bello della giornata.

Era una bravissima cuoca, anche se forse lasciava tutto un po' troppo sul fuoco, e con i condimenti ci andava giù decisa. Come tutte le mamme casalinghe aveva i suoi cavalli di battaglia e tendeva a ripeterli, erano cicli pittorici, poi quei piatti misteriosamente scomparivano e ne arrivavano altri. Finché non fu stanca, la mamma continuò a preparare i pranzi per lei, questo ti piace da quando eri piccola, le diceva. Il suo regno era il cucinino, nelle case di oggi non esiste quasi più ma allora era un cubicolo inaccessibile, gemello di un'altra rarità d'epoca: il tinello. Nel cucinino ci si muoveva appena e c'era spazio solo per il fornello, il frigorifero, il lavandino, i mobiletti pensili e naturalmente la cuoca. Nessuno poteva entrare lì dentro, meno che mai un uomo. E il marito, infatti, quando restò vedovo dovette fare l'inventario di ogni cassetto e ripiano soltanto per trovare le bustine del tè, i fiammiferi e il sale grosso.

La mamma aveva la fissazione del pavimento in marmo: a quell'epoca, il massimo del lusso nelle case di operai e impiegati. Mantenerlo perfetto costava una fatica immane, perché bisognava passarci la cera e poi la lucidatrice, prima con i feltri normali che spandevano il liquido e poi con gli altri. La mamma le lasciava guidare la lucidatrice, un puledro imbizzarrito che andava dove voleva. Era bello, spiegò a Luce, passarla attorno ai mobili e poi ammirare il risultato. Peccato che per conservare quell'incanto non si sarebbe dovuto camminarci sopra, infatti oltre la porta dell'ingresso di quelle case – l'entrata, quasi sempre un corridoio – incombevano le pattine. Guai a chi non le usava, esponendo il pavimento al rischio delle famigerate righe. Le righe: le vere nemiche della sua infanzia. Alza i piedi quando cammini è la frase di sua madre che più ricordava negli anni della scuola elementare, prima di servire il pianoforte con identica devozione.

La mamma aveva un passo pesante, inconfondibile, da ussaro al cambio della guardia. In quell'epoca senza ossessione dei vaccini, ogni bambino si ammalava tutti gli inverni di almeno una fragorosa influenza che poteva diventare bronchite o tracheite, oppure sfociare in una malattia esantematica da collezionare come le figurine: morbillo, orecchioni, pertosse o tosse canina, scarlattina e soprattutto varicella, la più temuta perché lasciava i buchi sulla pelle e se ti grattavi saresti rimasto sfigurato per sempre e non avresti trovato moglie o marito.

Quando restava a letto con la febbre, sapeva riconoscere tra mille il passo della mamma che rientrava dalla farmacia, la sentiva arrivare quando ancora era in fondo alla strada, poi la mamma tirava fuori le chiavi e le faceva tintinnare assai prima di raggiungere il portone. Era felice del suo ritorno, anche se tra le mani stringeva il sacchetto della farmacia e dentro il sacchetto la terribile penicillina. Perché dalle malattie dell'infanzia si poteva guarire soltanto così, con la bianca penicillina che dentro la siringa di vetro con l'ago gigante diventava una specie di pasta gessosa. Era dolorosissimo sentire il liquido entrare nella natica, ma ancora peggio erano i preparativi. Disse a Luce che ancora ricordava il tintinnio dell'ago con la chiusura di ottone, e quello del vetro della siringa che batteva nel bollitore di metallo. Era un'agonia, quel rito barbaro che precedeva la poderosa passata di cotone imbevuto d'alcol sul sedere da parte della virulenta infermiera Mariuccia, che abitava al piano di sotto, aveva un tremendo vocione da uomo e rideva sempre. Le sembrava una creatura delle fiabe, una di quelle fate crudeli in apparenza amiche, ma che dietro il ghigno celano la perfidia. Invece il medico di famiglia le era simpatico, perché riportava in casa la salute e aveva una calda voce meridionale, molto quieta e posata. Quando scriveva i farmaci sulla ricetta ne scandiva i nomi ad alta voce, quasi un abracadabra di sicura guarigione. Il dottore aveva l'autorevolezza di un luminare anche se in fondo era solo un medico di paese, e a lei piaceva quando le diceva che sarebbe rimasta a casa da scuola per almeno una settimana.

Senza dover andare in classe, si poteva guardare la tivù e non fare i compiti, oppure ricevere la visita di qualche amico purché dopo i primi giorni, per non attaccargli la malattia. Il papà e soprattutto la mamma ti coccolavano di più, preparando il *crème caramel* e sistemando la coperta bianca con il bordo azzurro, di lana, e la medaglietta dell'angelo. Sai, disse a Luce, quando la mamma si ammalò, chiese che in ospedale le portassimo proprio la mia coperta di bambina, io non pensavo che l'avesse custodita come un cimelio.

Diceva di avere freddo, ma io sapevo che desiderava soltanto il contatto con quella lana vecchissima che mi aveva avvolto tanto tempo prima. Forse sentiva ancora il mio odore, sai l'odore che hanno i bambini da piccoli, un misto di latte cagliato, formaggio fresco ed essenza di rosa.

Luce l'aveva ascoltata senza dire niente, ma senza perdersi neppure una parola. La stava guardando ancora in quel modo nuovo, bello e senza spiegazione. E lei venne sorpresa da un pensiero strano, non cercato: Luce sarebbe stato un buon padre. Non gli sarebbero mai mancate le storie, quando la sera si fosse disteso nel letto insieme a un figlio o a una figlia per inventare trame buffe e tenere lontana la notte. I suoi bambini non avrebbero mai voluto che smettesse, rifiutando l'ultimo bacio per una storia in più. Gli avrebbero chiesto: e adesso come continua, cosa succede, dove vanno. Lo avrebbero fissato nel buio, con gli occhi già pieni di sonno e la ferma volontà di resistervi – appena una bava di luce tra le imposte socchiuse, il riflesso del lampione sulla strada e il suono piccolissimo dell'acqua che scende dalla fontanella – e sorridendo tra gli sbadigli lo avrebbero implorato di non andare via. E lui sarebbe stato un padre innamorato e arreso, e stringendosi a loro avrebbe continuato l'invenzione e l'incanto, perché le storie non finiscono mai.

SCALE MINORI A GRANDE VELOCITÀ

Forse, esibirmi in mezzo a tutto quel dolore non aveva senso. Forse era soltanto vanità. Ero pieno di dubbi. Avevo bisogno di staccare e suonare, suonare e basta. Ricordavo quando, ragazzino, picchiettavo sul tavolo di legno. Tamburellavo ancora e ancora, a schiena mai abbastanza dritta, per imparare i movimenti delle dita.

Battevo sul tavolo e mi suonava insopportabile, però le mani dovevano slegarsi prima di tentare i primi passi sui tasti.

Mi sentivo un inetto. Sapevo di non possedere un vero talento per il pianoforte. Non come lei, che invece aveva mani che volavano come rondini da un nido nero all'altro, da un nido bianco all'altro: le vedevo correre pazze, arrampicato sulla ringhiera in quell'attimo di vertigine.

Eppure, a poco a poco avrei imparato anch'io. Mi sarebbe costato moltissimo, avrei odiato la tastiera, il maestro, gli spartiti, il tavolo della cucina. Le note che uscivano dallo strumento mi sembravano piccoli colpi di martello su una lastra di marmo. Per produrre quella miseria studiavo giorni e giorni. A che scopo?

Presi l'auto e guidai per circa un'ora. Mi fermai sul lago, in un piccolo borgo dove da bambino mi portavano in villeggiatura, e quella sera cominciai suonando *Struggle for pleasure* di Wim Mertens. Non ho mai creduto di essere un vero musicista. Ormai le dita hanno imparato a muoversi da sole e non mi serve altro. I colpi di martello, però, si fanno comunque apprezzare, la gente in strada non ha pretese da concerto, né io velleità di quel tipo. Con il pubblico stringo un patto semplice: ci diamo un po' di attenzione reciproca e va bene così. La mia musica mi ha lasciato sempre libero, anche libero di essere, come pianista, il poco che sono.

La sera suonai sul lago con poco pubblico ed ero contento. Avevo bisogno di questo, di una cascata di note a coprire i pensieri. Scelsi *Claire de lune* di Debussy. Vidi nella piazza accanto una giostra a forma di piovra: alla fine di ogni tentacolo pendeva una navicella, e dentro ognuna di queste c'era spazio per due persone. Quando finii di suonare, restai a osservare la giostra come incantato. I suoni, le luci e il movimento circolare. Guardavo le navicelle salire e scendere, i ragazzi e le ragazze urlavano di gioia e spavento. Pensavo a quei tentacoli, al moto meccanico e indipendente, avrei voluto che le mie dita di bambino sapessero guadagnarsi la stessa libertà, ostaggio dei tasti ma capaci di essere comunque padrone di loro stesse. Adesso ero io la piovra, il motore che sovrintende e comanda il ritmo, e le mani come tentacoli capaci di brevi viaggi precisi, un'esattezza sufficiente a legare un po' di pubblico al profilo nero, lucido e curvo del mio pianoforte.

Osservai la giostra, chiusi lo strumento nel rimorchio e rincasai.

LA MASSIMA VELOCITÀ NEGLI ARPEGGI

La piazza era vuota. Lei aveva parlato tanto e adesso rimaneva zitta.

L'aria venne attraversata dal rintocco di una campana, poi dalla torre dell'orologio cominciarono a uscire personaggi meccanici che facevano un girotondo.

Sembrano le tue marionette, però non le muove nessuno, disse lei.

Un giorno saranno pure state montate, e prima ancora costruite, rispose Luce.

Era bello pensare che non ci fosse mano umana dietro quei movimenti. Dopo il girotondo, i personaggi tornarono nella torre e lo sportello si chiuse di colpo, con il balletto dell'ultimo di questi: la Morte. La ragazza ne fu turbata. Era una Morte danzante e allegra, una Morte noncurante e per questo più spaventosa. Trillavano campanelli in una mano dello scheletro, e nell'altra si muoveva una lucerna.

Lui la guardò e le chiese: se ami così tanto tua madre, perché te ne sei andata.

La ragazza rimase in silenzio, forse perché la risposta era complicata. E poi stava pensando al ballo della Morte. Avrebbe voluto dirgli che non sempre basta amare per rimanere.

Fu mio padre ad addolorarmi di più, disse. Mi fece pesare i soldi spesi per le lezioni di pianoforte, ma io sapevo che era deluso da altro. Il denaro era solo una scusa.

Dopo molti anni, parlando con Luce capì che se n'era andata di casa perché non poteva sopportare di avere deluso la sua famiglia. Finché era rimasta una pulce ammaestrata, tutto andava bene e nessuno le chiedeva di più. Il suo percorso era segnato, proprio come quello degli animaletti nella teca, agli ordini del domatore: avrebbe concluso gli studi, sostenuto con profitto tutti gli esami richiesti, si sarebbe diplomata, avrebbe dato il concorso per essere assunta da un'orchestra e, se non ci fosse riuscita (ma lei ci sarebbe riuscita certamente) si sarebbe dedicata all'insegnamento. Forse si sarebbe fidanzata con un compagno di studi o un collega musicista, avrebbero messo su casa vicino a quella dei genitori di lei che si sarebbero occupati dei nipoti (ne sarebbero certamente nati almeno due, un maschio e una femmina, o forse tre) e la vita sarebbe trascorsa così, una lezione dopo l'altra, un esercizio dopo l'altro, preparatorio di quasi nulla. La vita sarebbe sembrata lunghissima, eterna, e invece sarebbe finita come finiscono tutte, prima quella dei genitori, quindi la loro, poi quella dei loro figli e dio non volesse che l'ordine fosse cambiato. Sarebbe rimasta solo una fittissima rete di ricordi a legare il tempo, poi le maglie si sarebbero allargate e infine aperte del tutto, nessun filo più le avrebbe tenute insieme e lì dentro sarebbe precipitata ogni cosa.

Lei era scappata da questo. Ma adesso non le era ben chiaro dove fosse arrivata, e perché.

Tutto rimase nella sua testa. Si limitò a dire a Luce che le persone cambiano, e i genitori non sono quelli che i figli vedono da bambini, e i figli non sono quelli che i genitori immaginano già grandi. C'è sempre un errore di prospettiva che il ricordo non favorisce. Il tempo trascorre e confonde, la memoria seleziona e trattiene solo quello che vuole.

Andarono a dormire in un campeggio e il giorno dopo visitarono l'atelier di un grande pittore del secolo precedente. La casa si raggiungeva dopo una lunga passeggiata in collina. Ci arrivarono portando le biciclette a mano, poi le lasciarono in un piazzale custodito da un guardiano che aveva la faccia di uno di cui ci si possa fidare. Salirono al laboratorio del pittore, che era una grande stanza con una vetrata sul fondo, e ancora si vedevano tutti gli oggetti domestici e da lavoro, il vasellame, le tazze, il tavolo, le sedie, una scala a pioli, le tele, lasciati come se il pittore fosse uscito un momento prima e stesse per rientrare. C'era, in quella casa, una strana atmosfera sospesa, come se l'artista fosse morto e vivo allo stesso tempo. Tutto era immerso nel colore e negli odori del legno. Oltre le finestre si muovevano i rami degli alberi, e in lontananza svettava la montagna che tante volte il pittore aveva ritratto.

Perché mi hai portato qui, chiese a Luce.

Perché questo posto è speciale, rispose lui, sembra una delle mie scatole teatrali e non si sente la vita fuori.

Tornarono dal guardiano che non volle denaro per la custodia delle biciclette. Scesero dalla collina senza dover pedalare, fu piacevole quella discesa nel fresco della sera. Lei toccava appena i freni che stridevano sui cerchioni in una specie di miagolio.

Non frenare di colpo, altrimenti cadi, le disse Luce. Ma lo disse troppo tardi. La ragazza si era spaventata perché la strada era sterrata e la bici un poco sbandava, così aveva tirato il freno della ruota davanti che, bloccandosi, l'aveva fatta cascare. Si rialzò subito, molto spaventata ma senza danni. Aveva solo il braccio destro un po' sbucciato, usciva un filo di sangue che Luce asciugò con il suo fazzoletto. Lei si tolse il foulard rosso e riprese a respirare senza affanno. Dall'occhio le scivolava una singola, minuscola lacrima senza pianto, come a volte accade ai bambini dopo uno spavento. Luce bagnò il fazzoletto a una fontana e lo passò alla ragazza, che si rinfrescò il viso.

Tutto a posto, gli disse. Possiamo ripartire.

Le piaceva che il marionettista proteggesse all'occorrenza la sua fragilità. Questo le dava sicurezza. Ma allo stesso tempo non sopportava di mostrarsi debole, esposta alle emozioni. Avrebbe voluto sentirsi più forte e libera, come per tanto tempo si era illusa di essere, invece continuava a dipendere dall'aspettativa degli altri. Però Luce le era sembrato rispettoso di questo e le era piaciuto. Le era vicino ma non troppo, e sembrava non chiederle mai nulla. Solo, da qualche settimana continuava a guardarla in modo diverso, senza mai dire niente che svelasse i suoi pensieri.

Tornarono in città e bevvero qualcosa di fresco, seduti in un bistrò sotto una pergola. La cameriera era molto bella e Luce la guardava ogni volta che passava accanto al loro tavolino, però era distratto. Chiese alla ragazza se il braccio le facesse male, e lei rispose di no. Poi cominciò a guardarle le mani. Le trovava belle, gli piacevano lo smalto rosso e le unghie lunghe. Lei teneva alle sue mani e dedicava loro del tempo ogni sera, più di quanto riservasse a qualunque altra parte di sé. Luce non l'aveva mai vista dal parrucchiere, o a provarsi un vestito nuovo, ma nemmeno l'aveva mai vista senza unghie perfette.

Una pianista ha mani così?, le chiese.

No, gli rispose lei. Ho cominciato a trattarle bene quando ho smesso di suonare. Se le fai crescere, non puoi battere sui tasti.

La sera dell'esame aveva deciso che avrebbe sempre avuto le unghie lunghe. Adesso le sue dita erano affusolate e magre, e le unghie impeccabili. Raccontavano, ormai da molti anni, una nuova vita. Quando pensava alle mani di prima, pensava alle mani di un'altra, le unghie sempre tagliate e limate, i polpastrelli grassocci da bambina.

Luce avvicinò le dita alle sue e l'accarezzò.

Lei si ritrasse senza dire niente.

Quella sera, Luce fece come sempre il suo spettacolo, ma lei andò a dormire presto, e la mattina raggiunse la stazione a piedi e cercò un treno che la portasse verso una città più grande, e dalla città più grande a casa. Il giorno dopo era arrivata. Luce non la cercò. Aveva capito, sapeva di avere rotto un patto. Portò la bicicletta della ragazza in un deposito e proseguì da solo il viaggio verso Parigi.

INCROCIARE LE MANI CON NATURALEZZA E BEL TOCCO

Ricominciò a insegnare, nei primi tempi a casa, poi in una scuola privata. Aveva allievi diligenti che non le creavano problemi. Quando la chiamavano professoressa, non si voltava più per cercare qualcun altro. Aveva rivisto suo padre, lui era come sfocato, le rispondeva con un attimo di ritardo, a volte sembrava non capire e non riusciva a nasconderle il risentimento: qualcosa tra loro s'era spezzato. Andava a scuola quattro mattine a settimana, e riceveva gli allievi a casa tutti i pomeriggi, a parte il sabato e la domenica. La vita di prima era ricominciata, silenziosa e senza attriti. Vedeva qualche amico il sabato sera, ma il più delle volte rimaneva sola e non le dispiaceva. Da sola andava al cinema, aveva anche fatto la tessera. Si era iscritta in palestra ma aveva smesso quasi subito, la infastidivano la promiscuità dei corpi e la puzza di sudore, era un ammasso di carne senza alcun interesse. Non le andava di fare la doccia là. Acquistava cibi pronti, che costavano molto e avevano troppo sapore. I giornali non li leggeva più.

Leggeva libri che non finiva quasi mai, le pareva che raccontassero storie implausibili, mentre lei in un romanzo voleva vedere qualcosa della sua vita. Pensò che le ultime storie belle le aveva ascoltate da Luce, e ne ebbe nostalgia.

Qualche volta andava al museo: vita morta, pensava. Tutta vita morta.

Una sera le capitò di andare a un concerto di musica classica: un'amica le aveva chiesto se volesse accompagnarla al Conservatorio. Da tanti anni non tornava lì, nella piazza col monumento del generale a cavallo. Era un concerto di pianoforte, ma lo scoprì solo quando era troppo tardi per rinunciare.

Era un po' emozionata e si sforzava di non darlo a vedere. L'amica ignorava del tutto cosa significasse quel luogo per lei, non sapeva nulla della sua storia di musicista, degli studi e della rinuncia. Sapeva solo che lei insegnava musica, dunque il concerto le sarebbe piaciuto.

Quando il pianista attaccò la pioggia di note di Ravel, lei ebbe una specie di vertigine. *Gaspard de la nuit* la circondava, la stringeva. Sentiva la musica arrivarle addosso da ogni lato. Esplodeva dentro di lei. Le parve che il pavimento ondeggiasse come quella volta il traghetto, ebbe un accenno di nausea ma la controllò. Poi, dopo meno di mezz'ora il concertista passò a Bach. Lei conosceva alla perfezione le *Variazioni Goldberg*, le aveva studiate a lungo. Quasi tutti i suoi compagni di corso adoravano l'interpretazione di Gould, la prima specialmente, quella del 1955, velocissima, che Gould suonava come un tuffo in un mare artico. Ma lei preferiva quella del 1981, dove invece il genio canadese si era preso tutto il tempo necessario. Ecco, quella le era sempre sembrata un'esecuzione piena di tempo. Rispetto a quando era giovane, Glenn Gould suonava anche le pause. Quel pianista pazzesco, forse pazzo, alla fine della sua vita era riuscito a suonare il silenzio.

Il pianista di quella sera, un uomo anziano che suonava restando quasi immobile, la stava riportando indietro negli anni. Nella sua mente vedeva scorrere lo spartito delle *Variazioni Goldberg*, quei cerchi concentrici armonici e, insieme, la catena del tempo vissuto lì, al Conservatorio, dove crescendo le era sembrato che la ringhiera delle scale rimpicciolisse, mentre invece era lei a diventare grande. Il pentagramma era come scritto in quel preciso momento da Bach, proprio per lei: sol sol la sol la/si la sol fa mi re. E poi via così, dentro un altro universo. Due arie, ventinove variazioni. Al ventiduenne Gould, quel «giovane selvaggio» che prima di suonare immergeva le braccia in una tinozza d'acqua bollente, erano bastati 38 minuti e 27 secondi per completare la sua meraviglia.

Lei rivide l'aula delle sue prime lezioni, quando da bambina le pareva che il Conservatorio avesse solo stanze enormi, per non dire del pianoforte. Rivide la sua prima professoressa, una donna crudele che le reggeva il palmo della mano con la matita, e ogni volta che sbagliava posizione la pungeva con la punta. Le diceva sempre di stare più ritta, non vedi che hai la gobba, le ripeteva. Odiava quella donna. La desiderava morta, un sentimento che non avrebbe mai più provato per nessuno. L'insegnante la disprezzava e non mancava di farla sentire un'inetta. Un giorno le disse: sei come un cane da circo, però più stupido. Ebbe troppa paura per rivelarlo ai genitori, così si tenne il segreto e l'insulto. E un giorno di marzo quell'insegnante morì davvero, in un incidente stradale, e lei ne avrebbe portato il peso per anni.

Guardava nella sua mente lo spartito, in alto il pentagramma della mano destra in chiave di violino e, sotto, quello per la sinistra in chiave di basso. Da tanto tempo non lo faceva più. Per un attimo sentì il cuore perdere un colpo, poi riprese il ritmo per cedere un'altra volta, non si capiva se con qualche battito di troppo o in meno. Quell'aritmia era, a sua volta, una specie di musica. Respirò profondamente e si sentì meglio, però la corsa delle note non smetteva più, Bach le aveva scritte più di due secoli prima e adesso erano lì, per lei, come nuove, come se venissero lette per la prima volta da occhi umani. Lei le guardò, e finalmente le vide: nere, con la testa tonda, minuscole e scattanti. Saltellavano da un rigo all'altro e si inseguivano in un gioco matto, ma potevano andare in un'unica direzione.

Erano loro, le pulci ammaestrate.

Alla fine del concerto salutò l'amica, che le chiese se andasse tutto bene.

L'aveva vista pallida e assente.

Forse è solo un poco di febbre, aveva risposto lei, e poi l'aveva salutata.

La mattina dopo era di nuovo a scuola. Faceva freddo. A volte con i ragazzi ascoltavano qualche brano di musica classica o da camera, che poi commentavano insieme. Debussy, Schumann, Chopin. Un mattino, mise nel lettore cd il *Clavicembalo Ben Temperato* di Bach, volume 1, preludio numero 1. Come le era accaduto la sera prima, lesse a mente lo spartito e ne fu turbata.

Le lezioni erano le stesse di sempre, così come i suoi gesti: era ancora una pulce ammaestrata. Insegnava agli altri come gli altri avevano insegnato a lei, niente cadeva oltre la trama degli esercizi, della ripetizione, della teoria e della meccanica. La bellezza della musica era soltanto un'eco. Quando incontrava un allievo o un'allieva più dotati degli altri, temeva per loro. Non li incoraggiava troppo, perché non voleva diventassero come lei.

Un giorno, una ragazzina le chiese: ma a lei, professoressa, la musica piace davvero?

Non rispose. Restò a guardarla senza dire niente per un tempo molto lungo, poi le corresse la posizione della mano sinistra.

Nell'aula magna c'era un pianoforte verticale di nessun valore. Era come la macchina dei pesi di una palestra: un attrezzo da esercizi. Quando passava accanto allo strumento, si accorgeva di non provare più fastidio, solo indifferenza. Era come se l'antica battaglia si fosse conclusa, perché non esistevano più ragioni valide per combattere. Lei e il piano non erano più due guerrieri, ma due reduci. La cosa non le dispiacque.

Una sera tornò in classe alla fine della lezione perché aveva dimenticato i registri e l'ombrello. L'aula era silenziosa, buia. Schiacciò l'interruttore del corridoio e, giù in fondo, vide che la porta dell'aula magna era aperta. Non c'era motivo di andare in quella direzione, l'ingresso della scuola era sul lato opposto. Tuttavia proseguì, fino a trovarsi il pianoforte di fronte. Lo vide brutto e rigato, negli anni centinaia di mani lo avevano solcato con ben misero profitto. Sollevò il coperchio: i tasti erano ingialliti. Li guardò, poi si guardò le mani. Le unghie rosse, laccate di fresco, sembravano gocce di sangue sulla neve sporca. Cominciò a suonare il preludio di Bach.

Una settimana più tardi le telefonò Luce. Le disse che aveva fatto una scoperta incredibile: il circo delle pulci esisteva ancora e si esibiva a Parigi. Le parlava come se lei non fosse mai scappata alla stazione e non avesse mai preso quel treno. Come se lui non le avesse accarezzato la mano.

Lei lo ascoltava e non diceva niente.

Vieni, ti porto al circo, disse Luce.

Lo sai che le pulci mi fanno ribrezzo. Sono povere bestie. Mi mettono tristezza.

Ma tu non hai mai visto questa città. Vieni.

Le spiegò che lui non era ancora a Parigi, perché voleva arrivarci in bicicletta insieme a lei: la solennità della destinazione lo meritava. Ne avevano parlato tante volte.

Vengo a prenderti alla stazione di Chantilly, sta a cinquanta chilometri, arrivarci è facile.

Chantilly come la crema, gli chiese. E Luce le rispose sì, proprio come la crema.

Lo vide appena scesa dal treno. Era sempre uguale e sorrideva. Stava ritto in sella come la prima volta, e aveva accanto l'altra bicicletta. Non disse niente e lo salutò con un gesto. Lui le fissò le mani.

LIMPIDO TOCCO NEGLI ACCORDI SCIOLTI

Da Chantilly pedalarono tutto il giorno, e la sera dormirono dagli zingari alle porte di Parigi. Erano persone gentili. Lei all'inizio aveva un po' paura, ma Luce le aveva detto di stare tranquilla. Il campo si era fatto silenzioso presto, invece le luci si spensero dopo il tramonto e lei se ne stupì: si sarebbe immaginata più confusione. Niente marionette quella sera. Erano in cammino, avrebbero viaggiato per i due giorni successivi. Le sembrò che Luce fosse stanco. Due zingari gli parlarono in una lingua strana, loro ascoltavano senza capire, fecero giusto sì con la testa. Bevvero insieme del vino pastoso che sapeva di frutta e profumava di viola, poi andarono a dormire. Lei lo salutò, chiuse gli occhi e sentì un canto che arrivava da lontano, o forse vicino, ma intonato a voce bassissima da una donna. Decise che era una ninna nanna: tutto il campo sembrò precipitare in un sonno ancora più denso e scuro del vino.

Il mattino dopo, la svegliò la pioggia. Il vento agitava i panni colorati che le zingare avevano steso tra una baracca e l'altra, senza ritirarli all'inizio dell'acquazzone: il sole asciuga quello che la pioggia bagna. Luce le portò il caffè che avevano preparato i due uomini la sera prima. Lo bevvero in silenzio, al freddo, ascoltando le ultime gocce che picchiavano sulla tenda. Poi si rimisero in sella, vedendo in lontananza la città illuminata dagli ultimi lampioni accesi. Anche le finestre dei palazzi erano gialle, nel buio del primissimo mattino.

Gli zingari avevano parlato con gesti vistosi che sembravano indicare terre lontane. Ridevano a scatti, con le larghe bocche d'oro.

Erano belli, quegli incontri imprevisti. Aveva ragione Luce, il meglio è dove non l'aspetti.

La pioggia ricominciò e loro si ripararono in una specie di chiostro, forse un lazzaretto. Appoggiarono le bici al muro, e Luce le raccontò di una sua vecchia amica che aveva messo tanti libri dentro un carretto e girava la città pedalando. Non andava mai lontano, e quando si fermava domandava ai passanti se volessero ascoltare una storia. A quelli che rispondevano di sì, lei cominciava a leggere qualche pagina di un racconto, di un romanzo oppure una poesia: le poesie mai più di una per volta, quelle sono parole che bisogna gustare a gocce. Una parola, pensava Luce, ha senso solo quando quella voce entra nelle orecchie di un'altra persona, proprio dentro il corpo di chi ascolta. La parola è come il respiro, percorre le stesse strade d'aria. Anche quando leggiamo è così, disse Luce: quelle parole saltano dalla pagina bianca nelle pupille dei lettori come pulci ammaestrate. Da lì, dal bordo esatto degli occhi, le parole scivolano lentamente nella testa, sono gocce di pioggia sul vetro, poi si fermano nel labirinto del cervello e sbocciano. La parola «stella» diventa proprio una stella, luminosa e puntuta, «fontana» si gonfia di mille scintille d'argento, la parola «morte» spinge sulle pareti del cranio e prova a invadere tutto, finché la parola «luce» non la ricaccia indietro, che bel mattino luminoso è questo, la pietra della strada è luminosa come una conchiglia in fondo al mare.

Arrivarono a metà pomeriggio. Avrebbero dormito in un ostello che Luce conosceva già. Lei, invece, quella grande città non l'aveva mai vista. Voleva visitarla almeno un po'. Sarebbero andati insieme al circo delle pulci e poi, la sera, lei avrebbe girato un po' da sola e senza fretta, infine sarebbe andata al concerto. Si sarebbero ritrovati il mattino dopo. Lei aveva una guida, lui la prese in giro dicendole che ormai quella roba non la usava nessuno: ora c'è Internet.

Lei sorrise e gli rispose: parli proprio tu, che devi pedalare per l'elettricità. Poi uscirono, insieme.

Il Circo delle Pulci Industriose era effettivamente la replica di un famoso spettacolo ottocentesco. Raggiunsero il luogo in metropolitana. Il sole era al tramonto, e videro un gran movimento di persone. Lo stadio era vicino, e quella sera si sarebbe giocata l'amichevole tra Francia e Germania. Attraversarono la strada e si trovarono di fronte un tendone a righe rosse e blu. Lessero il programma sulla locandina e scoprirono che si trattava di una riedizione del vecchio Barnum. Aprendo il tendone si entrava in un altro mondo.

C'erano nani e illusionisti, donne barbute e uomini razzo, trapezisti e acrobati, domatori e contorsionisti, clown e animali con gli occhi pieni di malinconia, oltre all'immancabile presentatore in marsina, basso, grasso e con i baffoni a manubrio. Il manifesto mostrava il numero delle *Pulci Industriose del professor Heckler*, replica di un famoso numero rimasto in programma allo Hubert's Dime Museum di Time Square fino al 1957.

Le pulci, le disse Luce, erano qualcosa di ben più minuscolo delle sue marionette. Ne era affascinato. Per osservarle bisognava appoggiare gli occhi su teche speciali, munite di lenti d'ingrandimento. Un po' come le mie scatole teatrali, pensò. Aveva scoperto la crudeltà degli ammaestratori: perché le pulci non saltassero, le tenevano schiacciate dentro scatole, e perché seguissero un percorso preciso spargevano sostanze repellenti come la canfora, che le pulci evitavano, andando così nella direzione giusta. Sapeva che esistevano anche spettacoli senza alcuna pulce, dove era tutto un'illusione, ma non questo. Luce era pronto a vedere all'opera le piccolissime bestie schiave, insieme a lei.

Si raggiungeva il padiglione delle Pulci Industriose dopo una lunga fila, poi si dovevano accostare gli occhi alle lenti d'ingrandimento, e quello che gli occhi riuscivano a mettere a fuoco era difficile da credere. Ai due ragazzi parve di abitare un sogno quando al centro della teca comparve un cannone di campagna, montato da tre cannonieri e tirato da due pulci. Videro poi un altro carro da munizioni, pieno di palle di cannone, tirato da altre quattro pulci. Era strabiliante come gli animali eseguissero i movimenti con esattezza assoluta, senza mai un diniego. Piccole e docili bestie da soma.

Trattennero il fiato. C'era una diligenza con dodici figure a bordo oltre al cocchiere, trainata da quattro pulci. C'era una nave mercantile impeccabile in ogni dettaglio. Lei e Luce non si stancavano di osservarne i particolari, la nave era fornita di alberi, vele e cordaggi ed era portata sul dorso da quattro pulci. Nessuna di queste si ribellava, e meno che mai si metteva a saltare. La fine dello spettacolo fu ancora più strabiliante: un calesse tutto d'oro col conducente, trainato da due pulci legate al calesse da filamenti anch'essi d'oro. All'improvviso compariva una pulce che attingeva acqua da un pozzo d'argento con un secchio ancora d'oro. I bagliori e i riflessi nella teca, riverberati dalle lenti, scatenavano uno scintillio meraviglioso. Non si sarebbero mai separati da quella visione, però il pubblico alle loro spalle era impaziente, spingeva, e dovettero muoversi da lì.

Non avrebbero mai dimenticato il fascino potentissimo delle pulci ammaestrate, e il malessere quasi fisico che gli avevano procurato. Erano entrati in un paradiso artificiale malefico e struggente, un'architettura pensata da un mago cattivo. Le ingenue marionette di Luce, al confronto, erano davvero un misero giocattolo per bambini. Però nel suo spettacolo non c'era sofferenza, mentre le Pulci Industriose gli erano sembrate un campo di concentramento animale maledetto e bellissimo.

Luce pensò a quelle bestie per tutta la sera, non gli bastò una birra per distrarsi. Una pulce non porta i segni del dolore, non mostra lo sfregio della cattività, non può ribellarsi se un coperchio si posa sul suo cielo e la schiaccia, oscurandola in una notte perenne. Una pulce non può raccontare il disgusto sul sentiero avvelenato dalla canfora, si limita a fuggirlo, andando nella direzione voluta dagli uomini.

Questo pensava sdraiato sul letto alla fine della giornata. Era impaziente di sapere quello che anche lei aveva provato, ma avrebbe dovuto attendere il mattino. Quella sera, la sua compagna di viaggio sarebbe rientrata da un concerto molto tardi.

Mi misi comodo. Avevo mangiato la pasta piccante e avevo deciso di seguire Francia-Germania in tivù. Succedeva poco: un'amichevole. Ma a me piace il calcio, e mi piace guardarlo in televisione, con i giocatori molto piccoli che galleggiano nello schermo come pesci d'acquario.

Il calciatore francese, mi pare un difensore, aveva il pallone tra i piedi quando si sentì l'esplosione. Ho rivisto tante volte quell'immagine. Il francese sta per passare la palla e invece compie un mezzo giro su se stesso e intanto si sente il boato. Lui si ferma, resta incerto, non capisce. Non è il solito petardo, tutti intuiscono che è qualcosa di più. L'azione d'improvviso rallenta, quasi si ferma. Il giocatore guarda in un'altra direzione rispetto al gioco, è spaesato. Il pallone corre pianissimo, si mette quasi a ballonzolare sull'erba. Primi piani sui visi degli atleti spaventati. È chiaro che adesso la partita non ha più senso, bisogna capire cosa stia accadendo. Voglio provarci anch'io e cambio canale. I programmi che trasmettono notiziari stanno già raccontando cos'è successo, ed è una cosa che ancora non smette di succedere. «Attacco a Parigi» è il titolo che scorre in sovrimpressione sullo schermo. Attentati simultanei in diverse zone della città.

I giornalisti allargano il campo della loro diretta. Gli attacchi sono stati molti di più, in diverse zone, non solo allo *Stade de France*. Si comincia a parlare del teatro, dei morti e dei prigionieri. È tutto assurdo, alla partita e ai concerti si va per divertirsi, per stare un po' insieme e condividere uno spettacolo, non per essere uccisi. Rimango a fissare lo schermo per ore. La contabilità delle vittime viene continuamente aggiornata, è un flusso e anch'io ne faccio parte. Il numero dei morti sale, poi scende, poi risale ancora. È troppo presto per avere notizie sicure. Vengono trasmesse le prime interviste dei testimoni e degli scampati, tutti molto più giovani di me.

Ora è chiaro che il cuore del dramma è il teatro dove millecinquecento persone si erano radunate per un concerto. Per sistemare tutta quella gente avevano addirittura tolto le poltrone dalla platea. A questo punto possono morire in centinaia, e può succedere proprio mentre stiamo guardando. Forse li guarderemo morire. Forse il teatro salterà in aria.

La partita prosegue, ma è chiaro che non ha più il minimo senso. I giocatori stanno solo aspettando che finisca. Quando il pubblico uscirà dallo stadio, molti canteranno la Marsigliese e altri rimarranno in attesa, molti addirittura in campo. Guardo l'immagine dei due ragazzi abbracciati sul prato. Si proteggono così. Lei ha gli occhi pieni di terrore.

Poi l'azione si sposta di nuovo davanti al Bataclan. Le tivù filmano nel buio, la polizia tiene lontane le telecamere, ma ormai chiunque può registrare e trasmettere, basta un telefono. Vedo nello schermo la donna appesa alla finestra mentre prova a scappare. Nelle orecchie entrano rumori sordi, urla, sirene. È come essere lì. Ne sono rapito, ipnotizzato.

Penso alla mia musica, a quando la suono in mezzo al dolore degli altri. Però non avevo mai pensato che si potesse colpire e uccidere proprio durante un concerto: forse avranno ammazzato anche i musicisti, mi dico.

Penso a quando la gente mi ascolta ed è tutto quieto, pacificato.

Il numero dei morti continua a salire.

Aspetto un'altra bomba, prevedo che ogni cosa finisca così, invece sarà tutto più lento.

Vedremo l'irruzione degli agenti, la sparatoria, la fuga degli scampati e la morte degli altri, uccisi uno per volta con un colpo in testa o a gruppi, con raffiche di mitra.

Tre terroristi si faranno esplodere.

Spensi il televisore, calcolai sul computer il percorso per Parigi: settecento chilometri. Era quella l'unica destinazione possibile del mio viaggio.

Andai a dormire. Sognai.

La notte i pesci cominciarono a sputare note. Uscendo dalle loro bocche si moltiplicavano. Il lago diventò scuro, si scatenò un temporale, le gocce di pioggia picchiavano sull'acqua. Venne d'improvviso una luce nuova, chiarissima, e il lago sembrò un pozzo bianco e senza vita.

La sognai che correva nella piazza del Conservatorio con la sciarpa rossa al collo, e io bambino la inseguivo, ma lei non voleva e correva sempre più veloce. Riuscii ad afferrarle un lembo della sciarpa che si slegò e rimase tra le mie mani, ma le dita presero ad andare ognuna per conto proprio, a non ubbidire, e la sciarpa cadde a terra.

Vidi una città con i palazzi coperti da una polvere d'oro, e nelle strade solo bambini scalzi. Parlavo, ma non riuscivo a sentire quello che stavo dicendo. I bambini entravano nei portoni tutti insieme, a sciami. Allora provavo a chiamarli, ma dalla mia bocca non usciva alcun suono. Si riempiva di polvere.

Il rosso della sciarpa si allargava e bagnava la terra, adesso era un pozzo di sangue e io mi sporgevo per guardare la carrucola scendere, sentivo il rumore della catena, lei era di nuovo vicino a me e tirava su il secchio, lo afferrò, ci mise dentro un mestolo e me lo porse.

Bevi, mi disse, questo sangue siamo noi.

Sognai che la bicicletta non aveva più i pedali. La spingevo ma era pesantissima. Il pianoforte era tornato un pianoforte vero, si muoveva appena sulle ruote che cigolavano e poi s'inchiodava. Spingevo e tiravo, stringevo i denti, chiudevo gli occhi ma nulla, non si muoveva. Poi cominciò a suonare da solo. Una musica monotona, ossessiva. Gridai, e il pianoforte smise di colpo.

Sognai che lei era diventata donna ma la riconoscevo lo stesso. Le parlavo e lei rispondeva. Era molto gentile e assente. Io non capivo, diceva cose strane, non mi piace l'acqua del mare, ripeteva, mi fa paura. Le dicevo, ora suono anch'io il pianoforte, ho imparato bene, se vuoi ti mostro, ma lei, che pure aveva gli spartiti sotto il braccio, faceva di no con la testa, non suono più, il mio pianoforte è l'acqua del mare.

Vidi la vecchia casa dei miei genitori, la cantina dove tenevano le bottiglie e le conserve. C'era un cane piccolo e nero che mi sfuggiva e correva là sotto, io lo inseguivo ma era troppo veloce, alla fine dei gradini trovò un gatto nero ancora più piccolo di lui e rimasero a guardarsi muso contro muso, immobili, come incantati. C'era anche un altro cane, questo però grosso, che salì le scale e arrivò fino alla porta del primo piano che era chiusa, quindi tornò indietro. Io avevo gridato, volevo avvertire la mamma, sapevo che lei era dietro la porta, speravo mi rispondesse ma non venne.

Sognai un viale alberato d'inverno con le foglie rosse, i tronchi ghiacciati, il sole furibondo, la strada lunga e silenziosa, senza anima viva. Il fiume era luminoso come il cielo. Vidi una sciarpa a terra, e una donna minuscola che spingeva una carrozzina con sopra un'altra donna molto anziana, la prima donna era zitta e triste, la seconda invece parlava in continuazione ma aveva i denti marci. Le parole uscivano storte e incomprensibili.

Sognai mio padre. Indossava il grembiule nero da lavoro e mi sembrava un lontano compagno di scuola, con il colletto di plastica bianca. Adesso però ho sete, disse. Aveva gli occhi rossi e perduti. Tirai fuori un bicchiere tascabile di quelli che, chiusi, diventano un disco. Ho anche il sapone, gli dissi, e gli mostrai la scatola gialla. Lui prese una gelatina, ma non riusciva a togliere la carta. Non sono più capace, mi ripeteva piangendo, e allora io lo aiutavo, scartavo la gelatina e lo imboccavo lentamente. Sulle mani sentivo quella sostanza collosa. Le passavo sui vestiti e rimanevo tutto sporco.

Sognai ancora la ragazza, che non era già donna ma neppure la bambina che ricordavo. Mi diceva: vedi, ho fatto un sogno, tu mi disegnavi una collana a forma di pecora e io l'ho indossata, guarda, e si scopriva spostando la sciarpa rossa e sulla pelle così chiara aveva una piccola pecora col manto mosso dal vento. Mi sorrideva e disse: non la toglierò mai più.

Sognai un matrimonio. Lo sposo era solo, in disparte, e rideva. È tutto finito, ripeteva, e intanto mi offriva un pezzo di carne che rifiutavo. La sposa non si vedeva, gli invitati la cercavano, dov'è la sposa, e allora anch'io mi mettevo in cerca della donna vestita di bianco. Vidi una bambina, invece. Devo prendere un grillo, mi disse.

Sognai una striscia rossa sull'asfalto. Il sangue non era fermo ma bolliva come agitato da un fuoco. Aveva un odore gramo. Mi chinai, ci misi dentro le mani e poi le passai sulla faccia, leccai le dita e il sangue non era più caldo ed era buono. Sapeva di zucchero. Poi arrivò lei e, piangendo, cominciò a disegnare figure nel sangue.

Sognai un mercato piccolissimo in una piazza giocattolo. Le figure erano lucide di smalto e si muovevano a scatti: io dovevo girare una chiavetta e il meccanismo faceva ripartire la piazza. Una piazza che nel frattempo era diventata vera. Era la mia carica a dare la vita alle persone, zitte come pupazzi con gli occhi di legno. Uno di questi li spalancò di colpo, e le sue cavità erano vuote. Io mi sporsi dal bordo di quegli occhi e vi caddi dentro, precipitando a lungo e senza gridare, sicuro che alla fine sarei morto. Invece mi fermai su qualcosa di morbido come un tappeto di foglie, e la voce di lei diceva non temere, qui si sta bene, sei caduto dentro i miei occhi.

LEGGERO STACCATO NEGLI ACCORDI

La musica la tirò dentro la sala e la stordì come desiderava, levandole di dosso i pensieri. Le ore con il marionettista erano state movimentate, ma nessuno dei due aveva affrontato le ragioni del loro distacco. Né lei né Luce avevano parlato di quella carezza.

Prima di entrare nel teatro aveva comprato una piccola palla di vetro con la Tour Eiffel. È un po' da turisti, pensò. Ma che importa, le era piaciuta. La torre era d'oro e i fiocchi la coprivano come zucchero.

Bevve un cocktail e si lasciò andare. Guardava i corpi delle altre persone che ballavano. Ne ordinò un secondo, uguale al primo. Le girava la testa o forse era la sala a girare. Scelse un posto vicino al palco, si sedette e il respiro un poco si calmò.

Pensava agli incontri che durano un giorno. Osservò le coppie che si stringevano e provò una strana invidia, per un momento pensò che avrebbe desiderato non essere libera, proprio come non lo erano loro. Avrebbe voluto qualcuno da abbracciare, ma soprattutto avrebbe voluto essere abbracciata.

Di colpo sentì urla, rumori. Forti. Troppo forti. Come molti pensò che fosse solo un momento dello spettacolo. Poi vide gli uomini armati e ancora non capì, non subito. I musicisti scapparono via e quegli uomini iniziarono a gridare ordini in francese. Fecero stendere tutti a terra, poi partirono le prime raffiche. Lei pensò che sembrava un film e si sorprese di una considerazione tanto banale. Però era così, era vero. Una donna accanto a lei perse il controllo e cominciò a urlare, mentre il ragazzo che le stava a fianco provava a calmarla, stringendola a sé. L'uomo con la pistola si avvicinò e sparò in testa ad entrambi. Lei restò immobile a terra, ma neppure in quel momento pensò di morire. Aveva addosso il sangue della donna.

Ebbe paura soltanto più tardi, quando comprese meglio. All'inizio si sentiva una bimba alle giostre. Allora è così che funziona, aveva pensato. Voleva abbandonarsi per una volta, fare come gli altri, ma gli assassini continuavano a gridare. Guardò gli occhi di uno di loro ed erano gli occhi di un bambino, ma anche di un lupo.

Gli uomini armati avevano diviso gli ostaggi in

gruppi, e a lei fu finalmente chiaro che quella era la loro condizione: ostaggi, forse già condannati a morte. Senza un apparente motivo, un uomo col mitra esplose una raffica verso la parte destra della platea, sul lato opposto. I primi caddero muti. Saranno stati una ventina. Molti avevano tentato di estrarre dalla tasca il telefono, e quel gesto li aveva perduti, altri invece erano riusciti a scappare fuori dalla sala, ma non in strada. Vide una ragazza che piangeva come una bambina piccola, i singhiozzi le soffocavano il respiro. Gli uomini armati gridavano, agitando le armi in aria.

Vide passare un gatto, velocissimo. L'animale andò a nascondersi dietro una tenda e non si mosse più.

I terroristi ripresero a sparare senza smettere, e lei non riusciva a tenere il conto di quanto tempo fosse passato. Sparavano alle persone a terra, una per volta. Dentro saranno stati in mille, millecinquecento. Gli assassini si avvicinavano ai ragazzi stesi e li uccidevano con un colpo alla nuca. Ad alcuni spararono in faccia. Non esisteva una ragione apparente per essere scelti o ignorati. Lei aspettava che venisse il suo turno.

Poi smisero di sparare e cominciarono a parlare. Gli uomini armati erano quattro. Uno di loro attaccò una specie di predica sulle ragioni di quell'assalto, disse qualcosa a proposito delle bombe in Siria, voi lo capite perché stiamo facendo questo, vero? Sbraitò che voleva giornalisti, e di far sapere alla polizia di non avvicinarsi altrimenti si sarebbero fatti esplodere. Lei, da terra, vide che il sottopalco non era lontano. Forse, l'unica via di fuga.

Gli assalitori mandarono fuori dei ragazzi per trattare con gli agenti, ma lei non fu scelta. Alcuni spettatori rispondevano, provavano a dialogare. Se parliamo non moriremo, pensavano. Ma altri avevano paura proprio di questo, di essere uccisi per una parola sbagliata. Trascorsero così almeno due ore, senza più spari o raffiche, ma con i kalashnikov puntati addosso. Se prima non aveva pensato di morire, adesso non era più così convinta di salvarsi. Non era la logica a guidare i ragionamenti, tutto quanto potesse essere logico non funzionava più. I morti erano morti per caso, e altri per caso si sarebbero salvati.

Si concentrò sulle luci, su come si riflettevano sulle pareti. Ne fissò il colore. Guardò le scarpe delle persone. Per non pensare aveva bisogno degli oggetti e della loro forma.

I terroristi sembravano in attesa, incerti. Probabilmente aspettavano che fuori accadesse qualcosa. Di certo sapevano che presto o tardi i poliziotti li avrebbero assaliti, e che sarebbero morti anche loro. Si sarebbero fatti esplodere, ma prima avrebbero ucciso tutti gli ostaggi.

Sentì un'altra raffica, questa isolata e più breve. Nove o dieci persone vennero falciate. C'era un odore dolciastro. Da bambina aveva visto uccidere un maiale e non aveva mai dimenticato le urla della bestia mentre la rincorrevano, il sangue che usciva a spruzzi da quel povero corpo. Il maiale era enorme. Una volta morto, l'avevano appeso per le zampe per farlo a pezzi e il sangue colava nei recipienti che le donne avevano sistemato sotto la carcassa. Molto, però, cadeva anche sul terreno che lo assorbiva in fretta, impregnandosi di scuro. Il maiale appeso era diventato un oggetto, eppure aveva qualcosa di solenne.

Non aveva dimenticato quell'odore. L'identico odore che sentiva adesso.

Provò a strisciare verso il sottopalco, anche se uno dei quattro terroristi era lì vicino. Lui dovette intuire il suo movimento, perché si girò di scatto e le mise la canna del mitra davanti alla bocca. Tutto le pareva assurdo. Pensava agli spettacoli di Luce: anche lei, adesso, era costretta dentro una scatola.

Forse non c'era una trama, forse invece poteva esserci un solo finale.

Lui vide un gatto sbucare dalla porta semichiusa del teatro. La bestiola spingeva il muso in avanti, restando attenta e vigile. Nelle sue piccole orecchie appuntite c'erano ancora rumori, colpi secchi, urla. Si era nascosta dietro una tenda ed era rimasta lì, finché il silenzio non aveva avvolto ogni cosa. Poi aveva annusato l'aria e l'aveva trovata diversa: conteneva un mistero.

Il pianista guardò a terra e vide tantissimi fiori. Vide candele accese e spente, e biglietti pieni di parole. Non conosceva quella lingua, ma sapeva che lì dentro c'era tutto l'amore che la gente sa darsi quando soffre. Poi, di solito, finisce. Pensò che non gli importava.

Vide in terra una sciarpa rossa e una scarpa da ginnastica scura, abbandonata sull'asfalto e cerchiata dal gesso dei gendarmi. Qualcuno doveva averla persa nella fuga. Un cacciatore, o più probabilmente una preda. La scarpa era nuova di zecca e brillava come una gemma.

Pensò alla pioggia in arrivo, ne sentiva l'odore. Sperava di riuscire a suonare senza essere interrotto. Era un giorno freddo, il cielo come una scatola di latta. Guardò i tasti e ricordò una delle prime lezioni a casa del maestro, quando l'uomo gli aveva spiegato che ogni tasto ha un peso, un giusto peso, e dall'unione tra la forza del tocco e il peso del tasto nascono le note. Una diversa dall'altra, come ogni tocco è diverso dall'altro, solo il peso dei tasti rimane uguale. Adesso, però, lui usava una tastiera elettronica e tutto questo non valeva più. Eppure, ogni nota continuava a sembrare diversa non solo da quella che l'aveva preceduta e l'avrebbe seguita, ma da se stessa.

Chiuse gli occhi, lasciò che le sue dita scivolassero sui tasti. Sentiva il deserto della città e un pugno di sguardi intorno. Pensò al silenzio sotto il coperchio del pianoforte, a come quel velo si strappasse facilmente. Era un bicchiere contro un muro. Le note esplodevano, si frantumavano. Immagina che non ci sia il paradiso. Si guardò le mani, piccoli corpi che si inseguono. Due animaletti addestrati, da selvatici che erano. Si passa la vita a ripetere, eseguire. Si impara ogni nota a memoria, comprese le variazioni.

Ricordò quando aveva svuotato il pianoforte, rivide il groviglio di corde e meccanismi. Si era sentito un assassino, ma anche il creatore di un corpo nuovo e vitale. Ora stava bene. Era come isolato dentro un temporale di note.

Poi aprì gli occhi e vide il tappeto di foglie, e di nuovo quella riga rossa di sangue. Non ne ebbe tristezza né orrore. Gli sembrò che alla fine ogni corpo fosse solo un oggetto, qualcosa che può essere svuotato senza per questo rinunciare a un suono nuovo. Siamo così fragili e irripetibili, pensò, ma diamo a noi stessi troppa importanza. Delle note resiste solo la vibrazione.

Guardò il gatto che aveva finalmente deciso di mettere il muso fuori dalla porta, si era fatto avanti e la curiosità stava vincendo la paura. Annusava l'aria per trovare conferme. Infine si mosse, uscì in strada con tutto il suo grigio corpo scattante e nervoso, voltò la testa come se avesse captato qualcosa, poi si mise a correre velocissimo.

Ascoltò l'ultima nota sollevarsi e cadere, la vide mentre restava sospesa e poi scivolava a terra, sull'asfalto rosso di sangue. Immaginò che il sangue la bagnasse senza sporcarla, e che diventassero una cosa sola.

Lei volle tornare davanti al teatro il giorno dopo. Doveva capire, rendersi conto. Si sentiva intatta e perduta. Si sentiva salva per caso.

Vide il vuoto delle strade. Camminò lentamente verso un gruppo di persone. Notò un poliziotto con il casco in mano che ascoltava qualcosa, lontanissimo.

Infine vide lui, seduto al pianoforte, le dita ferme sui tasti, l'espressione seria del bambino quando il maestro gli insegna a suonare. Mise la mano nella tasca del giaccone, strinse la piccola palla di vetro. La girò nel buio e immaginò una nevicata di stelle.

RINGRAZIAMENTI

Il pianista di Parigi naturalmente esiste, l'avrete visto tutti davanti al Bataclan. Esiste ma non è lui. Mi sono liberamente ispirato, come si dice in questi casi. Le storie vanno dove vogliono, beate loro, senza chiedere il permesso. Si parte da un'immagine, da una suggestione e poi chissà cosa succede.

Grazie ad Alberto Savant per il pianoforte, i peperoncini e per i *Cinquanta studi brillanti* di Czerny. Grazie a Luciano Strasio per le sue marionette, per le bici e la gentilezza. Grazie a Corrado perché è bravo e a Michele perché è matto. Grazie a Maria Chiara che ha riordinato il tempo, non solo verbale, e ha rimesso a posto ogni cosa. Grazie a chi ha letto queste parole e ha detto sì.

Stampato nel marzo 2016
per conto di Baldini&Castoldi s.r.l.
da Grafica Veneta S.p.A. - Trebaseleghe (PD)